Charif Majdalani est né en 1960 à Beyrouth où il est actuellement professeur à l'université Saint-Joseph. On lui doit *Histoire de la Grande Maison* (2005), *Caravansérail* (2007) et *Nos si brèves années de gloire* (2012).

DU MÊME AUTEUR

Petit traité des mélanges
Éditions Layali, Beyrouth, 2002

Histoire de la Grande Maison
Seuil, 2005
et « Points », n° P1534

Caravansérail
prix Tropiques
prix François-Mauriac
de l'Académie française
Seuil, 2007
et « Points », n° P2761

Nos si brèves années de gloire
Seuil, 2012

Charif Majdalani

LE DERNIER SEIGNEUR DE MARSAD

ROMAN

Éditions du Seuil

TEXTE INTÉGRAL

ISBN 978-2-7578-4532-5
(ISBN 978-2-02-112302-9, 1re publication)

« Et alors j'ai compris son désir de durer à travers des murs et des récoltes. »

António Lobo Antunes,
La Nébuleuse de l'insomnie

1

Le quartier en avait connu d'autres, bagarres entre chefs de clan, fusillades, intrusions des habitants de Basta ou meetings politiques houleux, mais rien ne marqua davantage les esprits que l'enlèvement de la fille cadette de Chakib Khattar, au matin de cette journée de mai 1964. Pourtant, la fille du notable n'avait pas fui avec un musulman de Basta, ni avec un pauvre hère sans famille, venu d'ailleurs et qui l'aurait enjôlée, elle avait simplement disparu en compagnie de Hamid, bras droit de Chakib à l'usine et fils d'Abdallah, le régisseur des biens des Khattar. Lorsque le bruit s'en répandit, les scénarios se multiplièrent, ainsi que les histoires sans queue ni tête, et pendant longtemps les versions sur les faits se contredirent et se nourrirent les unes les autres pour finir par constituer une véritable légende. Contrairement à ce que l'on raconta les jours suivants, Hamid Chahine n'entra pas ce matin-là, qui était un dimanche, dans la maison des Khattar où l'attendait Simone, il ne l'emmena pas après avoir sommé sa dame de compagnie, sa cuisinière et même le *sofragui* noir de l'accompagner, et Chakib Khattar ne revint pas de la messe pour trouver la demeure vide et son personnel disparu en même temps que sa fille. Simone ne se laissa pas non plus, comme on le prétendit, enlever de l'église où elle aurait fait en sorte d'être enfermée, après le service religieux, feignant de rejoindre pour un instant le curé dans la sacristie avant de se cacher dans les arcanes de Saint-Michel, dans les salons de réception, les chambres qui sentent l'encens, les garde-robes où sont rangées les chasubles et les robes mauves, dorées, ou noires, ressortant une fois tout le monde parti et la porte refermée dans un grand écho sec, attendant ensuite Hamid derrière l'iconostase. Cela ne se passa pas ainsi, même si les histoires de ce genre allaient encore longtemps courir et faire pétiller les conversations. Le plus vraisemblable est qu'au moment où ses parents et sa nourrice partirent, à pied – Saint-Michel n'étant qu'à une rue de chez les Khattar –, Simone, qui avait déposé la veille deux valises devant le portail du jardin, à charge pour Hamid ou un de ses amis de venir les récupérer, sortit dans une robe très sobre comme si elle allait à la communion. Mais au lieu de prendre comme tout le monde par la rue principale, elle tourna à gauche et remonta la traverse des villas à l'extrémité de laquelle, en ce dimanche tranquille, elle put sans être vue monter dans la petite automobile que Hamid avait empruntée au fils Smaïra.

Que la nouvelle de l'enlèvement fut répandue par les femmes de chambre, les cuisinières et le *sofragui*, par l'intermédiaire des chauffeurs et des jardiniers, cela ne fait aucun doute, et il ne fait pas de doute non plus que l'atmosphère même des repas du dimanche dans le quartier en fut profondément modifiée. Les Khattar, eux, devaient aller manger chez leurs cousins, à deux rues de la leur. Ils ne s'y rendirent pas, évidemment. Leurs cousines leur apportèrent quelques plats sous de grandes serviettes, comme s'il y avait eu un deuil. La porte de leur maison était ouverte, on entrait et on sortait l'air éploré et, à l'intérieur, une ambiance de drame régnait. Évelyne Khattar était dans un grand fauteuil, les yeux rougis et le mouchoir à la main. Ses filles aînées l'entouraient, avec des regards de saintes-nitouches dans lesquels on pouvait lire un reproche muet (« Comment a-t-elle pu faire *ça* à sa mère ? »). Les bonnes et les dames de compagnie debout dans les embrasures observaient le salon comme le régisseur et le personnel d'un théâtre scrutent la scène durant le spectacle. Quelques femmes de la branche cadette ou de la clientèle des Khattar étaient assises dans des canapés ou sur des chaises, en habits du dimanche mais avec des mines de circonstance, jetant de temps à autre à Chakib des regards craintifs, tandis que ce dernier se tenait droit et raide dans son fauteuil, moins catastrophé que songeur, moins en colère et tonitruant comme à son habitude que profondément absorbé dans ses pensées. Certains de ses fidèles lui avaient demandé s'il souhaitait que l'on allât voir chez les Rjeili, les plus proches parents de Hamid, si Simone y était. Mais c'était risquer de mettre le feu aux poudres, et Chakib avait interdit que l'on fît quoi que ce soit pour l'instant. Cela n'empêchait pas les visiteurs, ou le personnel, à chaque passage devant l'une ou l'autre des fenêtres, de jeter un œil, par-delà les arbres du jardin des Khattar, sur la rue principale qui descend vers la ville, tranquille en ce dimanche, et de l'autre côté, sur la rangée de magasins fermés, et au milieu de ceux-là sur celui de Costa Rjeili, aux devantures de bois closes, et de se demander de quoi le lendemain serait fait, quand l'agitation de la rue ne parviendrait plus à cacher ce fait flagrant, cette chose incroyable, à savoir que cette devanture alors serait ouverte et que Costa, l'oncle de Hamid, serait là, travaillant comme à l'accoutumée en face de chez les Khattar. Tout cela augurait sans doute de lendemains fertiles en rebondissements, et les regards, se détournant de la fenêtre, revenaient se poser sur Chakib Khattar, toujours raide et pensif.

Ce à quoi ne pouvait sans doute s'empêcher de penser Chakib Khattar à ce moment, au milieu du magma de songes qui l'assaillait, au sein d'images indomptables et folles de sa fille cadette, sa préférée et de loin, c'était à Hamid Chahine, qui avait eu l'audace inouïe de le défier. De ce jeune homme qu'il connaissait très bien, trop bien peut-être, il revoyait parfaitement la figure, les attitudes, la tenue, il entendait sa voix, il entendait à nouveau résonner les paroles qu'il avait tenues quand il s'était trouvé là, assis devant lui, dans le même fauteuil que l'une de ces petites femmes de Marsad, venue en pleureuse aujourd'hui, vêtue de noir, en chignon. Et ces détails, ce grain de voix, ce regard doux, posé mais ferme et par moments dur et ironique, ce costume un peu trop grand pour lui, mais en définitive seyant et que Chakib avait jugé avoir été prêté à Hamid par un ami, tous ces détails auxquels il n'avait pas accordé la moindre importance sur le moment, Chakib Khattar les voyait soudain resurgir dans sa mémoire avec une netteté effrayante, comme s'il les avait involontairement tenus en réserve, intacts, dans un coin de sa mémoire, sachant devoir un jour les faire redéfiler devant lui, pour les regarder d'un autre œil. Au sein de tout ce qu'il savait sur ce garçon, au milieu de toutes les images qu'il avait de lui, mangeant à sa table, hébergé chez lui, là-haut, dans une des chambres de la demeure immense, travaillant en face de lui à l'usine où il l'avait embauché pour un poste important, une seule lui revenait qui abolissait toutes les autres, qui les rendait toutes fausses, comme si le jeune homme s'était soudain montré là sous son vrai jour, et que tout le reste n'avait été que tromperie : celle de l'entretien qu'ils avaient eu tous les deux, le jour où Hamid était venu lui *parler de sa fille*, comme on dit ici. Car il était en effet impensable que Chahine ait enlevé Simone, et que celle-ci ait accepté de partir ainsi, sans qu'au préalable il y ait eu de la part des deux amants une tentative pour obtenir selon les règles ce que finalement ils allaient arracher par la force. Or la rencontre avait eu lieu et on peut facilement l'imaginer, tant il y en eut de semblables à Marsad et dans tout le Liban. Voici Hamid Chahine qui entre dans le salon où quelques semaines plus tard les Khattar et tous les clans alliés se tiendront après l'enlèvement. Ce n'est pas la première fois qu'il y met les pieds, loin s'en faut, mais il est sans doute si tendu, ce qu'il vient demander est tellement en rupture avec tout ce qui a toujours été convenu implicitement entre lui et les Khattar, que c'est comme s'il découvrait le mobilier moderne, les tapis de Kachan, l'argenterie sur les dressoirs et les porcelaines sur les tables. Au milieu de tout cela, Chakib Khattar est assis dans un grand canapé, et sa femme dans un fauteuil, elle très curieuse, lui volontairement renfrogné, et tous deux dans des vêtements de soirée, parce qu'ils ont un dîner et ont accepté de recevoir pour cinq minutes le garçon, à la demande de Simone. Cette trop brève concession est de mauvais augure, et sans doute Hamid ne se fait-il aucune illusion, mais il est venu malgré tout, sur l'insistance de Simone, vêtu de ce costume mal taillé mais qui lui donne quand même de l'allure, et sans doute Chakib est-il surpris par l'assurance du regard, par les mots que son employé prononce en entrant, par son regard sombre et sérieux. Néanmoins le notable ne bouge pas de son canapé, il agit comme si Hamid comparaissait pour la première fois devant lui, il fait juste un signe au garçon, comme il le fait habituellement aux membres de sa clientèle, à ses contremaîtres, à ses chauffeurs quand ils ont une doléance ou viennent lui faire un rapport, et cela ulcère profondément Simone qui se sent directement humiliée et en veut profondément à son père, car cette manière de s'adresser à Hamid comme s'il était un étranger est un message à elle envoyé. Entre-temps, Hamid a opéré une petite torsion du buste en avant pour saluer, comme s'il était face à des étrangers, et s'est assis dans un fauteuil que Chakib lui a désigné. Il y a ensuite un moment de silence gêné, puis Chakib, de sa voix grave, toujours cérémonieuse, dit à Hamid en le regardant fixement de ses yeux bleus et durs qu'il a accepté de le recevoir sur la demande insistante de Simone, il dit cela comme s'ils ne s'étaient pas vus tous les deux le matin même, à l'usine, comme si entre eux il n'avait pas été question des dernières commandes de marbre ou d'une livraison en retard au port. Puis il se tait, et Hamid se sent alors probablement devant une sorte de précipice vertigineux, de vide inouï dans lequel il doit se jeter, de silence dans lequel il va devoir parler, sans appui ni secours, et tenir des propos qui soudain peut-être lui paraissent osés et absurdes. Sans regarder Simone, pour ne pas lui dévoiler son désarroi et sa colère d'avoir été conduit dans ce piège, mais désireux surtout de ne pas démériter à ses yeux, il laisse passer un moment, puis se lance, et annonce ce qu'il a à annoncer, il fait la demande pour laquelle il est venu, non pas, certes, une demande en mariage, ce serait grotesque, mais une demande de fiançailles, déclarant par civilité, pour clore son petit discours en montrant qu'il n'est pas naïf, et pour ne pas laisser Chakib le surprendre et l'humilier, que sa demande peut paraître outrecuidante, qu'il n'a pas pour l'instant les moyens d'offrir à Simone le train de vie auquel elle est habituée, mais qu'il a étudié la question, qu'entre la jeune femme et lui, il y a des choses indéfinissables, bien au-delà des simples détails matériels, et que de toute façon jamais il ne laissera sa future femme déchoir, qu'il la rendra plus heureuse que n'importe quelle épouse. Puis il se tait et le silence pénible, lourd, culpabilisant se réinstalle, laissant ses propos suspendus, puis leur impact retomber lentement, mollement, et tout alors lui paraît ridicule, dépourvu de sens, et, d'après ce que j'appris plus tard sur cette scène, Hamid Chahine en garda toujours un souvenir cuisant, et le plus insupportable de sa vie. Chakib, qui a écouté en silence, la lèvre inférieure remontée sur la lèvre supérieure dans une moue dubitative, les sourcils froncés comme dans une attitude de préoccupation extrême, mais le regard ailleurs, Chakib finalement, sans bouger, revenant simplement de sa distraction vers le propos tenu dans son salon et qui en définitive lui semble oiseux, fixant de ses yeux d'aigle ou de loup le malheureux prétendant, lui demande froidement, presque avec mépris, s'il n'a pas de famille. La question est d'autant plus glaçante que Chakib connaît parfaitement Abdallah Chahine, le père de Hamid, il l'a chargé de gérer pendant des décennies et jusqu'à sa mort les terres agricoles des Khattar à Kfar Issa, sans compter que le notable sait aussi qui sont les oncles du jeune homme, sa mère, ses tantes. Hamid, qui a saisi le sens de la question, sans se démonter mais sous le regard atterré de Simone, répond oui, bien sûr, et Chakib, sans transition, lui demande : « Alors, que pense ta mère de tout cela ? » « Elle n'en pense rien, je ne l'ai pas mise au courant, ceci est mon affaire et celle de personne d'autre », répond Hamid qui s'interrogera toujours pour savoir s'il réussit à ce moment à faire cette réponse à cause de sa colère rentrée ou parce qu'il était habitué à Chakib, c'était son patron et il avait souvent avec lui des discussions, même si celle-ci semblait devoir être la dernière. À ce moment, il apparaît clairement à Simone que tout est définitivement compromis et elle lance à son amant des regards suppliants. Sans cesser de fixer Hamid, Chakib se lève alors en déclarant : « Je suis certain, et tu le sais parfaitement, que ta mère désapprouverait aussi bien que moi ton projet. » Puis, sans attendre la réponse, il déclare que l'entretien est terminé et qu'il ne veut plus entendre parler de tout cela.

Ce à quoi Chakib Khattar doit aussi songer, en cet après-midi de l'enlèvement de sa fille, assis dans son salon comme au milieu d'un rite funéraire entretenu par les femmes du quartier et par ses sœurs, ses belles-sœurs et les membres de sa clientèle, c'est à tout ce qui s'est produit avant cette rencontre calamiteuse, notamment depuis le moment où sa fille avait sollicité un entretien discret pour lui annoncer qu'elle aimait le fils Chahine. Lors de cette conversation, à laquelle sa mère, mise au courant une heure auparavant, l'avait encouragée, Chakib, pour la première fois de sa vie, avait été sec et cassant avec Simone, il avait répondu que de ce genre de relation et de déclassement il ne voulait pas et qu'il comptait sur elle, sur sa raison et son entendement, pour ne plus y penser, qu'il lui interdisait désormais de voir Hamid, que ce dernier était un employé des Khattar sans plus, le fils de leur régisseur, que c'était certes un garçon intelligent, fiable, mais que pour elle ce n'était pas un parti envisageable et que par ailleurs il fallait qu'elle se souvienne qu'elle était depuis longtemps promise à Noula Tamer. Après quoi, il avait feint de ne plus y songer, mais n'avait cessé en réalité d'y penser. À l'usine, il observait discrètement Hamid, son air strict et un peu hautain, il devenait plus attentif à ses regards, à ses mains, à ses paroles, et nul ne pourra jamais savoir ce qu'il y trouvait, ce que tout cela lui inspirait. Les ouvriers et les contremaîtres de l'usine avaient remarqué que Chakib aimait bien ce garçon, mais sans doute pas au point de lui accorder la main de sa fille. Il devait aimer sa rectitude un peu rêche, son humour froid, son regard splendide, malgré sa figure osseuse et sa mâchoire proéminente qui lui donnaient un air d'ascète amusé, et durant cette période d'observation inquiète le notable ne détecta rien qui pût confirmer une possible relation entre le garçon et sa fille. On le mit pourtant en garde à plusieurs reprises, pendant les parties de cartes où l'un ou l'autre de ses partenaires, un négociant de Ras Beyrouth ou un homme politique musulman de Basta, lui faisait entendre qu'il devrait être plus attentif aux agissements de sa fille, ou pendant des dîners où quelque convive malintentionné faisait une allusion aux parties de tennis de Simone avec un garçon *pas de son rang*. Chakib à chaque fois convoquait Simone, lui demandait si ce qu'il entendait était vrai mais elle restait vague, de peur de se voir interdire les sorties, le tennis, le cinéma et de n'être plus autorisée qu'à recevoir des visiteurs à la maison. Une fois la tourmente passée, elle recommençait à voir Hamid, et ce qu'en revanche Chakib dut se demander, en cet après-midi où tout fut consommé, et même auparavant, chaque jour où il observait Hamid à l'usine, essayant de déchiffrer dans ses mots, dans sa voix, les indices d'un trouble, d'une faute, un sentiment de culpabilité, une dissimulation quelconque, sans jamais rien trouver, ce qu'il dut se demander, c'était s'il avait bien agi en faisant venir le fils de son régisseur de Kfar Issa à Beyrouth et de le faire habiter avec sa famille. Il dut surtout se demander depuis quand les deux jeunes gens avaient cette attirance l'un pour l'autre, comment, pendant des années, nul ne s'en était aperçu. Sauf que, évidemment, le notable avait, presque à la légère, tout fait pour que cela arrive, à cette différence près qu'il était si confiant dans la conscience que sa fille devait avoir de sa supériorité qu'il ne pensait pas qu'elle regarderait Hamid avec un quelconque intérêt. Cela ne lui était même pas venu à l'esprit, d'autant sans doute aussi que Hamid et Simone se connaissaient enfants, à Kfar Issa, et que généralement, quand ces relations d'enfance perdurent, elles demeurent plus fraternelles qu'autre chose.

Or c'était évidemment une grosse erreur, car à partir de vingt ans Hamid devint membre du petit groupe d'amis constitué par les garçons et les filles du quartier des villas de Marsad. J'étais moi aussi de ce groupe, j'appartenais même à son noyau le plus ancien, avec Michel Khattar, le frère de Simone, et cette dernière. Hamid n'était pas du même niveau social que la plupart d'entre nous, mais il avait la même éducation et souvent plus de culture que la plupart des gandins que nous fréquentions, ces fils de notables, de négociants et d'hommes politiques. On ne faisait pas un pique-nique ni une sortie sans lui. Non qu'il fût spécialement boute-en-train, au contraire, il était plutôt distant et fier, mais il est des êtres qui ont sur les autres un étrange pouvoir. Hamid était de ceux-là, son regard était plein de panache, sa manière de rire des travers des autres toujours élégante, presque aristocratique. Il était plutôt maigre mais une tension formidable se dégageait de son être, et une intelligence qui nous faisait honte à tous. C'était tout cela qu'aima Simone, Simone dont je fus moi-même très tôt amoureux comme la plupart d'entre nous, à cause de ses yeux orageux, du reflet prune de ses cheveux, de ses mains fines et douces comme des fleurs de lotus. Mais si elle m'aimait comme un frère, sa préférence alla toujours à Hamid, je l'avais plus ou moins remarqué au temps où nous étions encore lycéens, et c'est un jour, au Club sportif de Marsad où tout ce monde jouait au tennis que, de l'avis de la plupart des témoins de leur idylle fameuse, ils auraient franchi le pas décisif. Avant cela, Simone se mettait toujours près de lui quand à bord de deux ou trois voitures nous partions faire une visite ou un déjeuner sur l'herbe et elle riait alors plus volontiers, elle était plus volubile, le complimentait sur ses chemises ou son canotier. Et lui, qui de tout temps aima son regard moqueur et son rire, sentait son cœur s'effriter chaque fois qu'elle lui ouvrait la voie, lui posait une question qui réclamait une réponse ambiguë, chaque fois qu'elle voulait partager la même étroite banquette dans l'obscurité bruyante de la Cave des Rois où l'on jouait du jazz, ou l'accompagner quand il fallait redescendre vers les voitures lors d'un pique-nique parce que l'on y avait oublié un sac ou un canif dans une boîte à gants et que personne d'autre ne voulait y aller à cause de la chaleur. Finalement, un jour au Club sportif de Marsad, sous les eucalyptus, la chose fut scellée. Peut-être voulut-il lui apprendre à soigner son revers, ou à calculer la trajectoire d'un smash. Il lui fit une démonstration, puis se plaça derrière elle et prit sa main pour l'aider à dessiner le geste requis, elle fit mine de ne pas comprendre, de ne pas savoir, de vouloir encore mieux faire, ils rirent tous les deux, il lui dit un mot doux, elle répondit par une épigramme, il agréa, l'enveloppa, allongea son bras le long du sien, enserra dans la sienne sa main serrant la raquette et se mit à la diriger plus intimement et ce fut comme une petite danse, une valse à l'envers, jusqu'à ce que, irrésistiblement, elle pressât sa tête contre son épaule, mais furtivement, parce qu'il y avait du monde et des regards avides du côté de la buvette. Après cela, je ne sais pas quand, un soir peut-être où Fernand Tabet les ramenait d'un dîner à Ras Beyrouth et les laissait à minuit au bout de la rue qui menait devant le portail des Khattar, ou bien un jour au cours d'un pique-nique où ils prétextèrent d'aller voir si la pastèque dans le cours d'eau était assez froide et se cachèrent alors fugacement derrière un gros mûrier, ils se firent leurs premiers baisers, accompagnés de tâtonnements fiévreux, lui par-dessus sa jupe aux motifs colorés et à travers son chemisier, elle par-dessus son pull-over et son pantalon de toile, de tweed ou de velours côtelé.

2

Le quartier de Marsad se situe, comme chacun sait, au sud de la vieille ville de Beyrouth. La rue principale fut longtemps l'axe essentiel reliant la route de Saïda aux marchés de la cité. Traditionnellement habité par des chrétiens orthodoxes que la vieille ville au milieu du XIXe siècle n'arrivait plus à contenir, et grossi par d'autres migrants chrétiens venus de la montagne ou de Damas, Marsad fut souvent en conflit avec les habitants musulmans de Basta, et ces conflits alimentèrent les récits dans les maisons et les familles de la région. C'est d'ailleurs cette hostilité et cet état de méfiance et de rivalité qui donnèrent leur importance aux divers et célèbres abadayes, ces fier-à-bras aux faits d'armes légendaires qui jouèrent le rôle de défenseurs de la veuve et de l'orphelin au sein de leur communauté, et de défenseurs de leur communauté face aux autres, se mettant aussi aisément au service des chefs politiques, au gré de leur humeur ou des aléas des événements sur le terrain. Or ces aléas furent nombreux dans l'histoire de Marsad, et toujours liés à des affaires de mœurs, de rivalités dans le négoce ou d'alliances plus ou moins réussies entre les familles.

Les Khattar furent au cœur de l'histoire et de la chronique de Marsad. Malgré leur refus de l'admettre, il est presque certain qu'ils étaient à l'origine menuisiers, comme à peu près tout le monde au milieu du XIXe siècle dans ce faubourg à moitié rural de Beyrouth. Mais cela n'a plus guère d'importance. Ce qui en a en revanche, c'est que vers la fin du XIXe siècle, qui vit les débuts de la grande prospérité et de l'extension de la ville, les Khattar étaient déjà des notables. La légende rapporte que leur premier ancêtre reconnu est ce Chakib premier du nom, ce peintre d'icônes et marchand de bois qui réussit à épouser une fille Sabbagh, de la célèbre famille de commerçants de la future capitale. Une tradition brumeuse veut que cela n'ait pu avoir lieu que parce que Khattar serait venu en aide aux Sabbagh dans un moment de revers de fortune de ces derniers, bateaux sombrant avec une cargaison de bois ou incendie de leur dépôt. Ce premier Khattar aurait ainsi troqué son argent contre une épouse au nom réputé et donc contre la reconnaissance sociale. Vers 1870, alors que la cité était à peine sortie de ses remparts, que les réfugiés venus de Damas et de Hasbaya, fuyant les massacres, étaient en train de fonder les quartiers de Msaytbeh et de s'imposer à Mazraa et à Marsad, que les premières grandes demeures bourgeoises à l'occidentale s'érigeaient sur les collines autour de la vieille cité, Chakib, originaire de Marsad, vint donc dans une demeure d'Achrafieh réclamer une femme, même sans dot, même sans fortune pour l'instant. Cette fille Sabbagh qu'il allait épouser, une Grecque-catholique originaire de Damas, alors que lui-même était grec-orthodoxe, il l'avait peut-être vue en ville, ou lors de ses visites pour proposer son aide à son père. Il était peut-être peintre d'icônes à l'origine, mais il avait développé des amitiés au patriarcat, ou à l'évêché, puis il s'était acoquiné avec des marchands de bois et s'était mis à vendre les iconostases en même temps que les images qu'il y peignait, avant de se lancer dans le commerce des meubles. Toujours est-il qu'il était alors assez riche. Mais comme il était d'extraction modeste, lorsqu'il se retrouva dans les salons des Sabbagh, au milieu des grands meubles à l'occidentale comme ceux qu'il commençait à vendre lui-même, il s'avéra un peu gauche, son costume européen, qu'il avait décidé un jour d'enfiler pour ressembler à ces messieurs qu'il voyait passer parfois, sortant de l'église, montant dans leur calèche et disparaissant par la rue qui monte vers Achrafieh au milieu des pins, son costume donc était de guingois, trop large autour du cou, trop raide aux manches. Il manquait peut-être de classe, comme tous les fondateurs de lignée sortis de rien, mais cela ne l'empêcha pas de devenir un familier de ce salon bourgeois où son rêve fut sans doute toujours d'entrer. Il y revint pour discuter de prêts et d'intérêts avec le père, puis d'association, puis enfin de fiançailles, ce qui causa un petit émoi chez les bourgeois grecs-catholiques de la ville. En tout cas, ses arguments étaient sans doute bons, prêts à taux d'intérêt insignifiant et amabilités diverses à chaque visite. L'homme était matois, fin connaisseur de la nature humaine et du négoce, il flattait et savait rester à sa place sans faire oublier qu'il tenait les cordons de la bourse. En tout cas il finit par épouser la fille Sabbagh, beaucoup plus jeune que lui et fille unique, car sinon, comment et pourquoi aurait-il eu lui-même à s'occuper des restes de la fortune du père que, jointe à la sienne, il allait faire considérablement fructifier ?

Cette fortune, il allait la gérer à partir de Marsad, où, après s'être habitué à ses costumes européens et pour honorer sa femme, il se fit construire une maison sur le côté ouest de la rue principale, au milieu d'un grand jardin, une maison qu'il meubla à l'occidentale. Sa femme fit venir quelques tableaux, des tables avec des dorures et de grands miroirs mais aussi un lit à baldaquin qu'il fallut démonter pour le hisser dans la demeure, ce que des ouvriers firent au milieu de la rue où s'étalaient les grandes colonnes à torsades et les tentures comme des rideaux de scène. Tout ce déballage qui ressemblait à celui d'une fête foraine alimentera longtemps les rêves des habitants du quartier, vivant encore pour la plupart dans des fermes et dormant sur des matelas que l'on déroulait tous les soirs et que l'on repliait tous les matins. Vinrent aussi, dans des convois, des armoires normandes immenses, des machines à coudre et des caisses de vaisselle, tout un mobilier que les Sabbagh expédièrent chez leur fille pour rappeler aux Khattar qu'ils étaient désormais les alliés d'un clan prestigieux, ce à quoi Chakib répondit, paraît-il, de manière décisive en complétant son mobilier par une salle à manger faite sur mesure et si gigantesque, avec ses buffets et sa table pour vingt-quatre, qu'il était entendu que le jour où on voudrait la changer ou la déménager, elle ne servirait nulle part ailleurs. C'est à l'ombre de ces choses gigantesques que durent vivre les enfants de Chakib, et aussi dans la permanente querelle de prééminence entre Marsad et Achrafieh. Ces enfants, on les voyait souvent sortir pour aller en promenade, les deux filles habillées à la manière victorienne et le garçon, Mkhayel, d'abord en culotte courte puis en petit pantalon puis en costume, parce que très tôt son père, pour le soustraire à l'influence qu'il jugeait ramollissante des Sabbagh, l'emmenait avec lui pour lui apprendre à se comporter avec les commerçants à qui on louait des magasins, avec les fournisseurs et avec les menuisiers du souk des bois.

Il faut croire que le garçon apprit vite et bien et devint assez rapidement apte à prendre la relève, ce qui se produisit sans doute au tournant du siècle. Et si ce détail, aussi bien que ceux qui concernent l'époque de sa naissance et les anecdotes sur son enfance, manque, il n'en reste pas moins qu'avec Mkhayel Khattar, on sort de la légende. Si Chakib, son père, était un parvenu né dans la roture, Mkhayel, lui, allait devoir asseoir le nouveau règne familial, et imposer dans la durée le retentissement et le rayonnement économique et mondain du nom récent des Khattar, entreprendre de lui donner la patine qui lui manquait encore. Il y réussit brillamment en développant les affaires paternelles et en opérant un tournant décisif, aux alentours de 1910, lorsque sur une décision fameuse qui prouve qu'il avait du flair (il avait vu venir la vague intense de construction dans le Beyrouth de ces années-là), du sang-froid (il vendit sans états d'âme ses entrepôts du souk des menuisiers, base de la fortune paternelle) et de l'obstination, il abandonna le commerce du bois pour se tourner vers celui du marbre qu'il importa d'Italie. En quelques années, il tripla sa fortune. Aux alentours de 1925, il fit moderniser considérablement la demeure familiale, une demeure à quoi restera attaché le souvenir des fêtes des années trente, au moment où il aura définitivement mis la main sur la notabilité à Marsad. Mais pour que tout cela ait si bien réussi, les rumeurs veulent que Mkhayel ait aussi spéculé sur le blé pendant la guerre, un blé qu'il vendit très cher à la Commission de ravitaillement, alors que les bateaux alliés bloquaient les ports du Liban, que la conscription faisait rage, que les paysans descendaient en guenilles des montagnes. Le marbre certes n'arrivait plus à cause du blocus, ce qui peut-être justifia aux yeux de Khattar le fait qu'il vendît si cher ce blé qu'il achetait si bon marché dans la Bekaa ou qui poussait sur ses terres, faisant même intervenir la troupe, dit-on, pour accompagner les carrioles arrivant par la route de Damas et que des affamés menaçaient de pillage.

La spéculation et la considérable richesse qu'elle engendra propulsèrent les Khattar, et Mkhayel en personne, à la tête des chefs politiques de Marsad, au temps où le Liban était fondé dans ses limites actuelles. Pourtant, cela ne se fit pas immédiatement. Au sortir de la Grande Guerre, une importante rivalité l'opposait encore au fameux Gebrane Nassar. Les deux hommes figurent côte à côte sur la photo célèbre des notables de Beyrouth entourant le roi Fayçal et le général Gouraud en 1918, et ils seront reçus ensemble à la résidence des Pins. Les maisons des deux familles étaient les plus belles de Marsad, à égalité avec celle des Matar qui se tenait comme tapie au milieu du quartier de Ras el-Nabeh. Celles des Nassar et des Khattar se regardaient à quelques centaines de mètres, l'une orientée vers le sud et l'autre vers l'est, et étaient comme deux bergers au milieu du troupeau des demeures plus basses, celles des artisans et des commerçants de Marsad, encore disséminées au milieu de jardins et de petits vergers qui donnaient au quartier à ce moment une allure de grand village. La rue principale, celle qui allait vers les marchés, était bordée de magasins et c'est là que circulaient les premières automobiles, pétaradant et tintinnabulant sur la terre battue et poussiéreuse. Les cardeurs, les artisans menuisiers, les barbiers sortaient alors sur le pas de leur porte pour voir ça, ils étaient parfois en vêtements européens et parfois en séroual, la moustache touffue et la tête nue parce que les tarbouches étaient suspendus à un clou dans les magasins ou jetés sur une table ou un établi, et ils se délectaient ainsi du spectacle de l'automobile de Gebrane Nassar revenant de la ville ou de celle de Mkhayel Khattar partant le matin vers le port où se trouvait d'abord, en face des docks, sa première entreprise de tranchage qu'il déménagera ensuite à Hay el-Bir, sur les lieux que l'on appellera toujours « l'usine ». La rivalité avec les Nassar perdurera jusqu'à ce que ces derniers, pour des raisons demeurées floues mais sans doute liées à des investissements risqués lors de la crise de 1929, se trouvent dans de graves difficultés financières. Pour la deuxième fois, l'opportunisme des Khattar fonctionna, les faisant bondir dans la hiérarchie sociale, et une deuxième fois par un mariage. Au milieu des années trente, l'une des filles Nassar épousa le fils de Mkhayel, Chakib, deuxième du nom. La légende des familles de Marsad rapporte que Mkhayel fit de cette alliance une condition de son aide aux Nassar, ce qui est possible mais nullement avéré. En revanche, ce qui est sûr, c'est que de ce moment date le début de la domination politique des Khattar sur leur communauté de Marsad, Msaytbeh et Ras el-Nabeh.

À part le fait d'avoir sorti les Khattar de la légende pour les ancrer dans la réalité historique, Mkhayel fut celui qui donna à leur nom le lustre qui lui manquait en l'associant au principe, finalement très européen, d'aristocratie terrienne. C'est lui qui s'occupa des propriétés foncières de Kfar Issa, de tout temps attachées à la mémoire de la famille. D'après la légende longtemps tenue pour un fait avéré par les Khattar eux-mêmes, elles auraient été données en cadeau à l'ancêtre de la famille par le sultan d'Istanbul, en guise de récompense pour un service rendu. Ce genre de mythes est fréquent dans les familles bourgeoises de Beyrouth cherchant à légitimer leurs possessions immenses dans les plaines de la Bekaa ou dans la montagne et qui se donnent ainsi une ancienneté et du prestige. Or il est plus probable que les terres de Kfar Issa aient été acquises par Chakib l'ancien pour une raison quelconque, remboursement de dette ou hypothèque, à moins qu'elles ne fussent dans l'héritage des Sabbagh. Quoi qu'il en soit, au début du XXe siècle, elles n'étaient sans doute encore que rocailles au pied de la montagne et du hameau de Deir Hannouche, un peu au nord de Baalbek. C'est loin, très loin, surtout en ce temps où l'on se déplaçait à cheval, à dos de mulet ou en calèche. Pourtant, un jour, Mkhayel décide d'aller voir à quoi cela ressemble et où cela se trouve au juste. Nous sommes en 1902 ou 1903, Mkhayel est peut-être en déplacement à Damas ou à Zahlé pour une visite de condoléances et il pousse jusqu'à Deir Hannouche. Sa calèche atteint péniblement le village aux maisons d'argile sèche tapies contre la terre aux côtés de l'église. On court y annoncer l'arrivée d'une voiture, les enfants en guenilles entourent l'attelage, le curé et les notables, qui ne sont que des paysans en séroual, voient apparaître un homme en tarbouche et costume occidental qui descend les marches de la calèche en s'époussetant et donne des ordres à son cocher et aux cavaliers qui l'accompagnent. Une heure après, il remonte en voiture. Des ânes, des mulets et presque tout le hameau l'escortent et ce train s'étire avant de se disloquer pour peupler les collines arides, les morceaux de vergers et les potagers divers. De loin, les femmes, sur des éminences, observent le convoi qui progresse au milieu de la rocaille, puis qui finit par s'arrêter. Mkhayel remet pied à terre, les paysans lui indiquent un bosquet d'arbres, de grands rochers, des éléments du relief reportés sur l'acte de propriété et délimitant le lieu-dit Kfar Issa. Mkhayel enfourche une monture et chevauche à travers les vastes étendues, comme pour mesurer ces arpents arides qui lui appartiennent, les platanes, le bois de pins, les rares plantations et les restes d'antiques terrasses agricoles. Les sabots de sa bête foulent la terre sur laquelle sera bâtie plus tard la villa où les Khattar passeront leurs étés durant presque soixante-dix ans. Mkhayel pousse sa cavalcade jusqu'à un campement de Bédouins puis revient, réunit les anciens et annonce qu'il a l'intention de faire planter des abricotiers et des cerisiers (« Et du blé, *ya* beyk, et du blé », insistent peut-être les paysans, et il dit « D'accord, et du blé »), puis il prévient qu'il va envoyer un ingénieur s'occuper de tout ça. Quand il part, on pense qu'à nouveau les propriétaires de cette terre vont l'oublier pour quelques nouvelles décennies. Mais trois mois après, un personnage originaire de Zahlé se présente à Deir Hannouche, recrute des ouvriers parmi les habitants, choisit un contremaître et dirige les travaux de terrassement et de construction de murs, puis l'achat d'arbres, de semis et bientôt le domaine sort de terre, un domaine que Mkhayel Khattar allait d'ailleurs bientôt peupler. Il ne fut nullement un nouveau Moïse ni un moderne Noé, pas du tout, la chose était beaucoup plus simple et concernait un problème d'assèchement des puits dont souffraient les habitants du hameau de Deir Hannouche. Ce problème endémique atteignit des proportions si dramatiques au temps où déjà les vergers de Kfar Issa commençaient à palpiter sous le soleil que, d'après toutes les légendes de la région, Mkhayel aurait encouragé les habitants à déménager et à venir s'installer un peu plus bas, sur ses propres terres. Cela, évidemment, peut sembler incroyable, surtout de sa part à lui, l'homme implacable qui allait bientôt spéculer sur le blé. Au cours des ans, les discussions allèrent toujours bon train pour savoir si de la part du notable il y avait là un calcul, celui par exemple de peupler les environs de ses plantations pour qu'elles soient désormais sous bonne garde, ou pour éviter que les Bédouins ne viennent en voler l'eau, ou pour faire des habitants de Deir Hannouche ses féaux, ce que de toute façon ils étaient déjà. À moins aussi qu'il n'y ait pas eu de calcul ni de raison, mais seulement un geste royal et qui au fond ne coûtait pas grand-chose tout comme la terre n'avait rien coûté dès l'origine, un acte de générosité de la part de celui qui cinq ou six ans plus tard profiterait impitoyablement de la famine pour accroître sa fortune. Toujours est-il que Mkhayel offrit les terres et que Deir Hannouche déménagea corps et biens et se transporta dans la plaine où il devint Kfar Issa. S'il ne reste guère de témoignages sur cet événement incroyable, on peut cependant l'imaginer. On peut imaginer que ce ne fut pas une fondation de ville mais qu'il y eut sans doute quand même des feux de ronces à l'aurore mettant à nu la pierre et le sol, puis plusieurs petits chantiers côte à côte, mais nul tracé de rues, ni de bâtiments communs, juste des conciliabules pour l'emplacement du *baydar* sur lequel le blé serait exposé et séché. Les plus perspicaces regardèrent le soleil dans les yeux, puis auscultèrent la déclivité du terrain et déclarèrent que ce serait là, ou ici, c'est encore mieux. Et pour le reste, les hommes érigèrent chacun leurs murs, puis firent leurs toits qu'il leur fallut ensuite longuement aplanir, et au milieu de l'été le village déménagea, non pas progressivement mais en une seule fois, parce que nul ne se sentit capable de partir tout seul et que personne ne se vit rester à veiller sur des maisons fantômes et aussi parce que la coutume était d'aller aux champs, de veiller et de s'amuser ensemble. Cela se produisit un matin, et je me plais à imaginer le long cortège hétéroclite de mulets et d'ânes portant la literie, les baluchons, les dames-jeannes d'huile, les sacs de borghol, les tabourets en paille, les malles où sont les trousseaux des femmes, leurs robes de fête et leurs mouchoirs brodés. Les couffins avec les enfants en bas âge dansent, ainsi que les palanquins de fortune où trônent les très vieux qui iront mourir dans le nouveau hameau, malgré leur insistance pour qu'on les laisse finir leurs jours là où ils ont toujours vécu, à veiller sur les habitations vides et sur l'église où de tout temps sont venus les borgnes et les pieds-bots, espérant l'intercession du saint local pour leur guérison. Mais on ne les écoute pas, on les charge sur les bêtes, tandis que les enfants courent dans tous les sens et que les femmes, en groupe, vont devant avec le prêtre et sa femme guidant une mule sur laquelle ils ont chargé leurs propres biens mais nullement les icônes, ni les cadres en bois doré de l'iconostase ni la sainte vaisselle restés à Deir Hannouche et encore moins la statue en bois coloré de la Vierge que nul n'oserait porter ailleurs de peur de voir les miracles ou, du moins, la réputation miraculeuse du lieu disparaître. Ce refus de déménager le sanctuaire fit d'ailleurs qu'il n'y eut pas d'église à Kfar Issa avant 1945, ce qui signifie que pendant trois décennies les villageois allèrent tous les dimanches à la messe le matin à Deir Hannouche comme on va en pique-nique. Au retour, les groupes s'effilochaient, les enfants vagabondaient en liberté comme les chèvres, les vieilles et les femmes enceintes s'asseyaient sur les rochers, les autres s'arrêtaient sous les amandiers pour faire un sort aux amandes encore vertes dont elles emplissaient leurs mouchoirs. À l'Ascension ou aux Rameaux, les processions s'étalaient sur le chemin, précédées des insignes et des grandes oriflammes aux armes de Marie et du patriarche d'Antioche que portaient fièrement les enfants, même si ces grands tissus flamboyants qui se découpaient sur le fond des montagnes bleues ou enneigées parfois oscillaient dangereusement et avaient alors besoin du bras assuré d'un adulte pour ne pas choir, car c'eût été signe de grands malheurs. Et puis à chaque mariage, les amandiers, les pins, les cyprès et même les ronces et les arbousiers entre Kfar Issa et Deir Hannouche étaient décorés de rubans au milieu desquels passait la mariée portée sur un palanquin et acclamée par les habitants, par les passants sur la route vers Baalbek, par les bourgeois de Zahlé que leurs calèches avaient amenés jusque-là, avec leurs tarbouches et leurs gilets à l'européenne, et aussi par les Bédouins qui toujours campèrent dans les environs et dont on apercevait au milieu des champs, sur la plaine, les tentes comme des buffles assoupis.

3

Il n'est pas très difficile après cela de comprendre pour quelles raisons les habitants de Kfar Issa gardèrent toujours un excellent souvenir de Mkhayel Khattar. Celui-ci vint souvent sur ses terres et y fit ériger la maison plusieurs fois réaménagée ensuite par son propre fils Chakib, le deuxième du nom. Quant à la gestion du domaine, il la confia tout d'abord à Loutfi Mehanna, un vieil homme d'expérience, avant de la laisser à l'entière discrétion d'Abdallah Chahine, son flamboyant fondé de pouvoir, l'homme de confiance à qui pendant quatre décennies furent délégués tous les pouvoirs à Kfar Issa, qui se targua d'avoir contribué par sa conduite et sa fermeté à consolider la fortune des Khattar, et qui était le père de Hamid.

Les Chahine étaient un des clans majoritaires de Deir Hannouche où Abdallah naquit avant de déménager adolescent avec les siens à Kfar Issa au milieu des mulets et des ânes portant le village dans leurs bâts. L'incertitude demeure sur les raisons qui, à l'origine, firent de lui un maquignon. Abdallah Chahine contribua lui-même à brouiller les pistes, soucieux de donner à ses débuts une sorte d'aura un peu légendaire, peut-être parce qu'il était friand de vieux contes, ou parce qu'il fréquentait trop les familles féodales qui toutes faisaient remonter leur origine à des tribus antiques ou à des héros incertains. Je les trouvais belles, moi, pourtant, les histoires qu'il se serait inventées et que Hamid me rapporta plus tard, elles parlaient d'amitiés présumées avec les chefs de tribus arabes de Baalbek et de participations à des courses de chevaux entre clans dans le Hermel. Or tout ça est évidemment très peu crédible, parce que l'entente ne régna jamais vraiment entre les chrétiens et les tribus chiites de la région et il est plus probable qu'Abdallah ait tout appris sur les chevaux et sur la gestion de propriétés agricoles dans les haras des De Freige, dont son père fut longtemps le gérant. Comme tous les fournisseurs d'élevages des chefs politiques beyrouthins, il allait souvent chercher des chevaux à Alep, même si l'on raconte que les plus beaux qu'il trouva, et qui firent sa réputation à Beyrouth, étaient ces bêtes descendant d'un étalon fameux volé à des négociants syro-arméniens dont il aurait retrouvé la trace sur les bords de l'Euphrate. De ces merveilles, il aurait vendu plusieurs exemplaires à Mkhayel qu'il venait souvent voir à Marsad, dans sa tenue de la steppe, avec de grandes bottes, un gilet de laine et une écharpe de gros coton autour du cou. Il s'asseyait avec le notable dans le salon plein de fines porcelaines, et ils parlaient tous deux de pur-sang, de courses, de jockeys. Puis ils partaient dans l'automobile de Mkhayel, ils allaient au champ de courses, ou bien dans les élevages de la forêt de pins où, dans l'odeur de crottin et de paille mouillée, Chakib examinait les étalons nouvellement acquis.

Assez rapidement, Abdallah Chahine gagna la confiance de Mkhayel Khattar. Il devint responsable de son élevage particulier et l'un de ses compagnons lorsqu'il venait à Kfar Issa. Mkhayel s'y rendait assez souvent, tantôt seul et tantôt en famille. En ce temps-là, le réseau routier s'était passablement développé, les automobiles étaient devenues plus puissantes, et l'idée de se dépayser sur leurs terres comme les antiques seigneurs romains pouvait avoir souri aux Khattar qui passaient néanmoins tous leurs étés à Sofar, au milieu des autres familles bourgeoises de Beyrouth dans lesquelles l'habitude de la transhumance dès le début de la saison chaude était devenue un rite et une grande fête collective. Mais au printemps, quand les montagnes et la plaine brillent sous le soleil nouveau, ils venaient à Kfar Issa et on peut alors imaginer des automobiles chargées de malles et de paniers, de gouvernantes et d'enfants arrivant et se faisant annoncer par un concert de Klaxon. La maison a été préparée par les femmes du village et ces mêmes femmes sont ensuite appelées par Janine Khattar, la femme de Mkhayel, comme des princesses convoquent à leurs pieds les épouses de leurs féaux et s'enquièrent en bonnes suzeraines de la vie de leurs sujets (« Comment va ta mère, Salimé ? » « Grâce à Dieu elle se maintient, *ya sitt* Janine », « Et toi, *ya* Hanné, tu étais enceinte, l'an dernier, non ? » « Oui, *ya sitt* Janine, mais Dieu n'a pas voulu que l'enfant vive » « Dieu est grand, courage, ma pauvre Hanné, tu es encore jeune », etc.). On peut aussi imaginer des pique-niques, des déjeuners en plein air, les messieurs dans leurs tenues de vacances, les chemises sans cravate et les canotiers nonchalamment jetés sur l'herbe aux pieds des femmes, et les femmes dans des robes fleuries assises sous des noyers, les escarpins dans les marguerites blanches, protégées de la lumière festive par leurs grands chapeaux à rubans qui se découpent sur les montagnes bleues veinées du blanc de la neige derrière elles. Ces pique-niques peuvent aussi avoir été des excursions à Baalbek, et voilà ce beau monde qui fait le tour usité dans les ruines, voici l'un des membres de la troupe qui escalade les murs intérieurs du temple de Bacchus pour graver impunément son nom le plus haut qu'il peut, tandis que des rires et des cris accompagnent sa montée, et voici un enfant qui tombe et s'écorche le genou, une écharpe qui s'envole s'il y a du vent, ou une ombrelle, et on court la rattraper au milieu des feuilles d'acanthe sculptées et des têtes de faunes qui ricanent dans la pierre. Mais si les Khattar venaient pique-niquer là de temps à autre, le plus souvent Mkhayel s'y rendait seul, pour profiter de ses chevaux sur lesquels il faisait de longues courses dans la plaine avec Abdallah Chahine et quelques jeunes gens de Kfar Issa, galopant avec eux en riant et en lançant des défis, dans la splendeur du jour et des montagnes posées comme des louves blanches sur l'horizon contre le ciel. Mais parfois, au début de l'automne, il lui arrivait de venir pour la chasse avec de petits notables du coin ou avec d'autres grands propriétaires qui avaient des domaines du côté de Ksara ou de Baalbek. Il chassa même un jour avec Sabri Hamadé, le président de la Chambre, qui portait un grand chapeau de colon africain et avait des chiens fabuleux et des fusils qui tonnaient furieusement contre les cailles et les perdrix. Lors de ces sorties, Abdallah, qui avait l'habitude de rire et de fanfaronner, encouragé en cela par Mkhayel, se taisait et se tenait à l'écart, observant avec une féroce attention les manies et les lubies des notables et leurs blagues de potaches, après quoi il revenait alimenter d'histoires toujours à moitié inventées les soirées de Kfar Issa. Et il est fort possible que lors de ces sorties le maquignon se laissât volontiers prendre pour l'homme de main de Mkhayel (il préparait et armait ses fusils ou faisait préparer ses casse-croûte par ses sœurs), voire pour le régisseur de son domaine, ce qui ne tarda pas à arriver. Lorsque Loutfi Mehanna mourut, Mkhayel vint aux funérailles, il marcha, le chapeau sous l'aisselle depuis Kfar Issa jusqu'à l'église de Deir Hannouche au milieu des gens du village qui entouraient le cercueil, puis il revint avec eux, s'assit dans la maison du défunt, sur des *liwan* couverts de tapis rugueux, et but le café amer. Il écouta les doléances, opina, fit des promesses, puis au bout d'une heure il se leva, tout le monde se leva comme un seul homme pour le saluer, il serra scrupuleusement toutes les mains, puis sortit en se baissant parce que le seuil était bas, on l'accompagna jusqu'à son automobile, mais lui, avant de monter, prit Abdallah de côté et lui murmura le mot que celui-ci attendait depuis des années. Quelques jours plus tard, l'ancien maquignon s'installa dans les deux chambres du régisseur d'où pendant quarante ans il allait régner sur le domaine, sur le village et sur toute la région, depuis les limes de Zahlé jusqu'aux abords de Baalbek.

Pendant les années où il dirigea le domaine, Abdallah Chahine agit comme les gouverneurs de provinces lointaines qui envoient toujours régulièrement l'impôt à leur souverain, en échange de quoi ce dernier les laisse tranquilles. Il surveillait le travail des grossistes qui achetaient les récoltes, prélevait soigneusement la part des propriétaires et l'envoyait aux Khattar à Beyrouth. Il tenait des comptes scrupuleux de l'argent qu'on lui remettait pour refaire les clôtures, planter des cyprès, s'occuper de la villa et des chevaux. Pour le reste, il vécut paraît-il comme un seigneur, dans la petite maison des régisseurs, mais avec l'espace immense de la plaine pour royaume. Il recrutait à sa guise, surveillait le travail en usant de son verbe haut et de ses plaisanteries abruptes, payait les ouvriers comme il l'entendait, à la semaine, debout sur une table bancale comme dans le Far West, et les tribus qui campaient autour des plantations l'adulaient, le redoutaient ou le détestaient. Lors d'une querelle entre elles autour d'une épouse répudiée et renvoyée, il intervint pour faire l'arbitre, allant d'un campement à l'autre à cheval, un keffieh autour de la tête, suivi de ses neveux et de ses cousins comme un shérif et réussit à mettre tout le monde d'accord, ramenant la femme rejetée chez son mari avant l'arrivée tardive et inutile des policiers de Zahlé, organisant même chez lui, c'est-à-dire sur les terres des Khattar, une réconciliation entre les clans fâchés. Dans la foulée, on tua des moutons, on tira des coups de fusil en l'air et on veilla autour des feux jusqu'à l'aube. C'est avec ce keffieh et à cheval comme les chefs arabes qu'il partit aussi à la recherche de la sainte vaisselle dérobée à l'église non gardée de Deir Hannouche. Il alla jusqu'à Baalbek, fut reçu par l'évêque dans le salon de l'évêché, puis avec sa bénédiction il rencontra des chefs chiites avec qui il prétendait avoir fait des courses hippiques quand il était jeune. Il accompagna le cheikh Hassan Sleiman dans les hameaux alentour et on le vit trois jours après revenir avec le calice et les assiettes dorées enroulées dans de vieux chiffons et les remettre cérémonieusement au curé de Kfar Issa qui voulut célébrer une messe spéciale pour les purifier, ce qui lui valut d'être vertement tancé par Abdallah Chahine.

Tout cela fit donc d'Abdallah un des abadayes les plus redoutés de la région. Mais les habitants de Kfar Issa lui reprochaient ses amitiés avec les chiites et ses trop bonnes relations avec les Bédouins. Chahine leur apparaissait tantôt comme un chef, tantôt comme un voyou, et cette désapprobation à l'égard de ses actes lui fut néfaste lorsqu'il chercha à se marier. Il le fit tardivement et son âge ainsi que sa sulfureuse réputation s'interposèrent entre lui et les paysans des environs, ce qui sans doute le contraignit à enlever la femme qu'il convoitait, la fille de Francis Ziédé, un gardien de vignobles chez les jésuites qui lui avait refusé son alliance. Il faillit même, paraît-il, enlever le curé de Kfar Issa qui rechignait à le marier et qu'il menaça de révéler à son évêque qu'il jouait et buvait exagérément. Abdallah Chahine épousa finalement Lamia Ziédé qui vint habiter dans les deux petites chambres tenant lieu d'habitation de régisseur sur le domaine des Khattar. Elle était fort jolie, Lamia, d'après tous les témoignages, elle avait vingt ans de moins qu'Abdallah et on se demanda pourquoi elle l'avait épousée, sauf qu'on savait qu'il l'avait délivrée de la tutelle d'un père tyrannique qui ne vint jamais la voir après son enlèvement et empêcha toujours sa femme de le faire. Abdallah lui offrit une grande liberté, elle allait souvent sur une ânesse se promener dans les champs avec ses amies, elle brisa habilement la glace que les commères de Kfar Issa avaient décidé d'établir dans leurs rapports avec elle par jalousie sans doute, elle leur rendit visite, les flatta, les reçut chez elle, s'autorisant parfois à installer les tables et servir la limonade et le café sous le balcon de la maison des Khattar plutôt que devant la porte basse de sa bicoque, ce qui était un grand honneur qu'elle leur faisait, même si certaines trouvaient qu'elle en prenait trop à son aise avec la propriété des maîtres. Or de celle-ci elle était aussi responsable, comme son mari, et tandis qu'il travaillait à l'arrosage ou à l'élagage, ou surveillait les travailleurs ou s'occupait des chevaux, elle ouvrait la villa, sortait les tapis, la vaisselle et les meubles pour les aérer. Elle était un peu chez elle dans cette demeure dont elle portait les clés dans son corsage et où elle se plaisait à se promener seule dans les grandes chambres et à s'allonger sur les vastes lits où elle n'avait jamais dormi.

Mais le souvenir le plus insistant qu'aura laissé Lamia Chahine n'est pas celui d'une femme au foyer, rêveuse et un peu romantique. Bien au contraire, elle marqua les esprits par son allure rebelle, par les libertés qu'elle prit et que toléra son mari, voire qu'il encouragea. Il lui apprit assez vite à monter à cheval, et on la vit sur les juments des Khattar, chevauchant à côté de son mari ou passant derrière lui au galop dans la grande allée, puis entre les abricotiers et ensuite au milieu des blés, les cheveux relevés et noués, la gorge nue, lançant des cris et riant en essayant de rattraper Abdallah qui la défiait à la course. Elle l'accompagnait à la chasse en automne, nettoyait ses fusils et les armait, paraît-il. Il lui apprit même à tirer avec un fusil de vingt millimètres. Lorsque Chakib Khattar, le deuxième du nom, le père de Simone, qui s'avéra un grand amateur de séjours sur ses terres de la Bekaa, venait à Kfar Issa, et que, comme son père, il emmenait Abdallah dans ses chevauchées dans la plaine, Lamia les accompagnait. À leur retour, ils s'installaient tous les trois sur la terrasse de la maison, sous l'auvent du ciel brillamment éparpillé, face aux masses vaporeuses des monts de l'Anti-Liban. Elle préparait le repas puis les rejoignait et ils riaient et parlaient fort pendant une partie de la nuit. Tout cela évidemment fit jaser, d'autant que Chakib et Lamia étaient du même âge et paraissaient les enfants d'Abdallah. Les femmes du voisinage ne supportaient pas de surcroît que Lamia vécût aussi longtemps dans ce statut d'épouse nouvellement mariée, libre comme l'air et heureuse. On se demandait pourquoi elle ne faisait pas enfin un enfant et ne se rangeait pas, comme toutes les filles dans sa situation. Lamia haussait les épaules, riait et se moquait de ses congénères, mais finit enfin par tomber enceinte. Cela coïncida avec le séjour des Khattar à Kfar Issa à l'été de 1941. Chakib, marié depuis quatre ans, avait déjà deux filles et sa femme attendait de nouveau un enfant. Or la situation à Beyrouth était un peu tendue à cause du bombardement par les avions britanniques des troupes de Vichy, et des rumeurs de combats circulaient. Chakib avait donc estimé plus prudent d'éviter les chocs à Évelyne et de venir estiver sur ses terres de la Bekaa. Mais durant son séjour, les choses bien sûr ne furent plus ce qu'elles étaient entre lui et le couple des régisseurs. Le jeune homme était devenu le nouveau maître, Abdallah revint à sa réserve et Lamia, appelée pour tenir compagnie à Évelyne Khattar, joua complaisamment la femme de chambre. Trois mois après, et quelques jours avant le départ des Khattar, fin septembre, elle annonça qu'elle attendait elle aussi un enfant. Elle le porta aussi légèrement que tout ce qu'elle faisait et lorsque, plus tard, il lui arrivait de parler de cette période de sa vie, elle affirmait que c'était en voyant la grossesse si paisible d'Évelyne qu'elle avait eu envie de s'accomplir elle-même, alors que l'image des futures mères dans le village lui donnait des frissons. Mais apparemment les gens de Kfar Issa n'écoutèrent ces explications qu'avec un grincement de dents ironique, et les bruits coururent que si Lamia s'était enfin décidée, c'était parce qu'elle savait qu'elle ne pourrait plus courir aux côtés de Chakib Khattar, que c'était fini, que la récréation étant terminée, elle n'avait plus eu qu'à revenir à son mari et lui donner ce que le malheureux attendait depuis leur mariage. Abdallah et Lamia prirent d'abord le parti de hausser les épaules devant les ragots, mais ceux-ci allèrent trop loin et Abdallah résolut de se faire justice de manière exemplaire. Il alla d'abord chez Labib Melhem qui, lors d'une conversation animée quelques jours plus tôt, s'était tu en le voyant arriver. Abdallah, à cheval, s'arrêta devant la maison, appela Labib, mais celui-ci n'osa pas sortir et envoya sa femme. Abdallah la repoussa aimablement sans descendre de sa monture, entra au milieu de la pièce principale où se trouvait réunie la famille stupéfaite et muette, et somma Labib de lui redire ce qu'il racontait ce jour-là, sans quoi il ferait manger son cheval dans le plat où tout le monde se servait. Deux jours après il se rendit à Zahlé, au café de Hanna Qa'i, un abadaye dont le fils était à l'origine du ragot. En le voyant entrer dans le café, le garçon dont le père était absent et qui servait lui-même les clients, eut juste le temps de se jeter sous le comptoir vers lequel Abdallah se dirigea en demandant de sa voix tonitruante où était le fils du patron. Le larbin qui servait la braise des narguilés marmonna des propos incompréhensibles et mit son nez dans ses charbons qu'il ne cessa plus de tisonner. Les habitués, interloqués et pour éviter un drame, cherchèrent à détourner Abdallah de sa colère et surtout du comptoir sur lequel il s'appuyait des coudes. Ils l'interrogeaient, parlaient fort entre eux et avec lui. Mais Abdallah revint à la charge, voulut savoir où était ce petit morveux, puis donna un coup violent de sa cravache sur la table et, devant les appels au calme des clients, sa colère feinte monta d'un cran. Il parla de couper la langue à ce voyou, de le promener monté à l'envers sur un âne. Lorsque Hanna Qa'i revint dans son échoppe, Abdallah redoubla de fureur. « Où est ton fils, *ya* Hanna, cria-t-il. N'essaye pas de le défendre, tu sais bien ce qu'il raconte partout. » Qa'i ne voulait pas en venir aux mains avec Abdallah qu'il respectait, il essaya de calmer son homologue et d'ailleurs il ignorait effectivement où se trouvait son fils qu'il avait quitté un instant plus tôt. Mais Abdallah ne se tenait plus et en rajoutait, « Si tu prétends que ton rejeton n'a rien à se reprocher, alors qu'il vienne me le dire en face », et cela dura encore quelques longues minutes durant lesquelles les autres clients parlaient tous en même temps pour camoufler les mimiques qu'adressait à son patron le préposé aux braises. Finalement Abdallah donna un dernier violent coup de cravache sur le comptoir et marcha vers la sortie en demandant d'une voix grondante aux habitués de rappeler à ce pauvre garçon que lorsque l'on sait qu'on a dit la vérité et qu'on est capable de se défendre, on ne se tient pas caché sous une table pendant des heures comme un chat échaudé.

Quelque temps après cette histoire qui fit rire tout Zahlé et fut même racontée dans les salons des Khattar à Beyrouth, le ventre de Lamia s'arrondit. Elle était si belle et si indolente dans son nouvel état que les femmes des environs lui prédirent qu'elle aurait une fille, c'est ainsi que Dieu console les mères de cette désolation, il leur conserve leur fraîcheur pendant la grossesse. Lamia en rit, rétorquant que, pas du tout, ce serait un garçon, et on la trouva bien arrogante. Et en effet elle accoucha d'un garçon, par une nuit d'hiver où le ciel et la terre mêlèrent si parfaitement leurs eaux et leurs brouillards que l'accoucheuse ne put trouver quelqu'un pour l'accompagner sous le déluge et dans la boue jusque chez les Chahine et fut contrainte d'exiger d'Abdallah qu'il l'aidât lui-même, lui chauffât de l'eau, lui retroussât les manches et coupât des morceaux de tissu puis le cordon ombilical de son fils Hamid. Six mois plus tôt, Simone était née à Beyrouth, dans un hôpital de la rue Spears à Beyrouth, hôpital où, deux mois après, c'est moi qui naissais à mon tour.

4

Ma présence dans cette histoire qu'il me plaît aujourd'hui de conter est presque insignifiante, sauf que, comme je l'ai dit, je fus de Hamid, de Simone et de Michel, le frère de cette dernière, un compagnon de tribulations, de bêtises d'enfance et de jeunesse. Nos parents étaient par ailleurs amis et mon père fut un allié politique des Khattar, assurant à leur candidat un nombre considérable de votes aux élections. Mais, indépendamment de cela, notre camaraderie, à Michel et moi, datait des premiers temps de l'école. Nos copains de classe jalousaient notre entente, et nos disputes marquaient la collectivité. Comme des amants qui cherchent à se faire mal, à chaque brouille nous changions de place et marquions notre rage en nous jetant à la figure de nouvelles et vaines amitiés avec d'autres élèves. Mais tout rentrait vite dans l'ordre, notre couple amical paraissait indéfectible et les grandes vacances finissaient par mettre entre nous assez de temps pour nous éviter la saturation et les inévitables et définitives ruptures. Pourtant, tous les étés, nous nous promettions de nous voir. Michel me parlait alors de Kfar Issa avec passion, mais jamais ne m'y a invité, et ce n'est que bien plus tard que je m'y suis rendu. En revanche, j'allais souvent chez lui, à

Marsad, pendant l'année. À chaque visite, je redoutais de rencontrer Chakib Khattar, parce qu'il avait érigé des règles très strictes pour l'emploi du temps de ses enfants, qui ne pouvaient recevoir à n'importe quelle heure et n'importe qui. Souvent, Michel me faisait entrer par la porte de service de l'étage supérieur, que l'on utilisait peu, et nous passions des après-midi dans une semi-clandestinité, à parler de livres, à inventer des histoires de conquistadores et de navigateurs en jouant au Monopoly. Quand il me voyait, Chakib Khattar me saluait avec distance, il semblait peu aimer les enfants, comme si avec eux il perdait son temps. Depuis cette époque, en tout cas, cet homme a représenté pour moi le spécimen le plus accompli du grand commerçant libanais, bien davantage que mon propre père, beaucoup plus atypique dans son parcours, bien qu'il possédât d'importants magasins de tissus dans le souk el-Tawilé. Chakib était à ce moment-là au sommet de son pouvoir, il était le marchand de marbre le plus important du pays, il avait les machines à couper la pierre les plus modernes et recevait fréquemment des techniciens italiens qui formaient ses ouvriers. Surtout, il avait conforté la position politique des Khattar à Marsad et lui avait même donné un nouvel élan en réussissant à faire élire son beau-frère député au Parlement en 1953, contre le candidat des Matar. Son intelligence tactique l'avait en outre poussé à s'allier aux Salam, les fameux politiciens et chefs du quartier voisin de Basta. À cette époque en effet, le peuplement musulman de Marsad devenait plus important, à cause de l'extension de Basta vers le sud. Cela n'empêchait pas les chefs orthodoxes de demeurer maîtres de leur quartier, mais comme Marsad se trouvait du coup inclus dans une circonscription électorale où la population dominante était sunnite, les alliances avec les politiciens musulmans devenaient une nécessité vitale et le choix que fit Chakib lui permit de prendre le pas sur ses rivaux. Il recevait chez lui les notables sunnites, il jouait avec eux aux cartes, allait à la chasse en leur compagnie et les invitait souvent sur ses terres de la Bekaa. Il avait d'ailleurs fait un geste envers les villageois de Kfar Issa en leur donnant le titre de propriété des terres sur lesquelles ils vivaient, nouvelle preuve de générosité des Khattar à l'égard de leurs métayers. Mais aux yeux des gens de Marsad qui ne les aimaient guère, c'était le signe d'une mauvaise conscience et d'un désir du fils de rédimer les spoliations grâce auxquelles le clan s'était enrichi pendant la Grande Guerre. Pour leurs partisans en revanche, c'était la preuve de la grandeur des Khattar. Quoi qu'il en soit, généreux ou pas, Chakib avait par ailleurs hérité du tempérament ferme et décidé de Mkhayel. Il n'aimait guère la contradiction, et était extraordinairement ombrageux. Par son mariage avec la fille de Gebrane Nassar, il avait élargi son assise à Marsad tandis que son habileté politique l'avait rapproché des vieilles familles orthodoxes d'Achrafieh. Mais Chakib, qui n'avait pas une grande culture, gardait un certain sentiment d'infériorité face à ces dernières et tournait cela en dérision. À une époque où il avait acquis un magnifique étalon auprès de ses rabatteurs de la région d'Alep, il accepta de prêter la bête pendant deux saisons pour saillir les juments dans les haras des Feraoun et des De Freige, lesquels pour le remercier lui envoyèrent des cadeaux, des vins de grands crus, du champagne rosé et du vieux cognac, si bien que Chakib déclara en riant un jour, pendant un dîner, que les Khattar étaient désormais considérés comme des parents par alliance de ces prestigieuses familles. Une autre anecdote est restée célèbre, illustrant toujours l'attitude de Chakib vis-à-vis de ce qu'il considérait comme son manque de culture. Conformément à ce qu'exigeait le milieu patricien à ce moment-là, Chakib avait mis ses trois filles chez les Dames de Nazareth où on leur inculquait la culture française et leurs devoirs de futures épouses modèles, sachant jouer du piano, faire de la broderie et de la peinture, comme leur mère. Cela agaçait fortement Chakib, non parce qu'il ne voulait pas que ses filles fussent protégées et élevées dans le sentiment de leur supériorité sociale, comme l'étaient les élèves de ce collège, ce qui de surcroît le flattait aussi en retour, mais parce que les bonnes sœurs lui tapaient sur les nerfs, elles lui parlaient français et il les comprenait mal, prenant cela pour une allusion à ses propres origines et à celles des Khattar. Mais lorsqu'un parfum de scandale commença à se répandre à propos des relations du fils aîné de Chakib avec une femme réputée légère, la supérieure du collège voulut faire prendre conscience à Chakib de la nécessité que chacun en société reste à sa place, allusion en cela à l'amante de son fils. Elle insistait si lourdement chaque fois qu'elle voyait Chakib que ce dernier, après avoir retenu sa colère, finit par lui répondre froidement et effrontément, mais en arabe, ce qui permit d'atténuer la violence de la réponse dans la traduction que l'on fit à la vénérable mère des propos du notable, que le jour où il aurait des cornes de bouc comme elle sur la tête et elle son tarbouche sur le sien, elle pourrait alors se permettre de donner son avis et de lui faire la leçon.

Certes, Chakib ne portait pas de tarbouche, coutume tombée en désuétude chez les Khattar, mais le mot fit beaucoup rire, entre autres à cause de ce détail. D'ailleurs, pour achever le portrait de l'homme, il faut dire que Chakib Khattar n'était nullement réputé drôle mais aimait à plaisanter et à rire lors de soirées qu'il donnait chez lui, en se moquant affectueusement de certains des plus modestes parmi ses courtisans qui étaient prêts à tout pour continuer à être invités chez lui, ou bien de certains grands personnages qu'il n'hésitait pas à provoquer par d'inutiles plaisanteries. C'est ainsi qu'un soir où il recevait l'évêque pour sceller leur réconciliation suite à une brouille au sujet d'un vote au conseil de la communauté sur des affaires hospitalières, Chakib, après le repas, offrit au prélat un cigare, en alluma un lui-même et fit ensuite passer son petit étui aux convives présents. Or c'était une chose qu'il ne faisait jamais, il n'offrait jamais de cigares à ses pairs, même les plus riches commerçants ou les très vieux industriels, et nul ce soir-là ne comprit qu'il jouait, risquant pour se détendre de compromettre à nouveau, de manière ostensible et provocante, la délicate opération de réconciliation. Apparemment, son but était de s'amuser du prélat en lui offrant un cigare dont ce dernier ne pourrait tirer une seule bouffée. L'évêque, qui connaissait les lubies de Khattar, accepta le cigare puis avant de sortir une des longues allumettes dont on lui tendait la boîte, et tout en cisaillant l'extrémité du Punch dont il voyait bien qu'il était troué et donc inutilisable, appela une jeune bonne qui proposait des liqueurs et lui souffla un mot à l'oreille. La jeune fille demeura un moment interloquée puis alla vers la maîtresse de céans, tandis que les conversations reprenaient sur la situation politique et la formation du gouvernement, après quoi elle disparut et revint un instant plus tard avec un ruban de sparadrap que l'évêque prit tranquillement et, tout en rassurant les convives sur sa bonne santé et l'absence de toute blessure, en détacha de petites bandes, les enroula à deux endroits autour de son vieux cigare qui ressemblait désormais à un pauvre doigt meurtri, rendit le sparadrap à la jeune fille très intimidée par l'homme en noir et par son énorme croix dorée en sautoir, remercia, alluma tranquillement le Punch, aspira, attendit un instant puis rejeta une longue bouffée de fumée sous l'éclat de rire complice de Chakib Khattar.

Comme son père, Chakib Khattar avait une grande passion pour ses terres de Kfar Issa. Il y emmenait sa famille et tout le train de sa maison pour y passer de longs week-ends. J'entendis parler pour la première fois de cette région et des propriétés des Khattar par Michel, qui me parlait avec fougue de ses chevauchées à l'ombre des montagnes et de ses lectures sous les acacias, dans des canapés qu'il se faisait installer dehors comme les satrapes asiatiques. Il me racontait aussi des histoires à peine croyables, sur des jeunes filles du village qui lui tenaient compagnie, qui couraient autour de lui quand il était à cheval et se reposaient à ses côtés, couchées comme lui dans l'herbe sèche, à l'instar du harem d'un roi nomade. En revanche, il ne me parla jamais de Hamid Chahine. Les deux garçons partagèrent pourtant leurs jeux, ils furent compagnons d'équitation et Hamid initia Simone au difficile apprivoisement des sauterelles et des grillons dont il attachait une patte à un fil et emportait avec lui comme des bêtes enchantées. Si bien que, lorsque Hamid apparut un jour parmi nous à Beyrouth, il était pour moi un parfait inconnu.

Il arriva en 1956. Par un geste de générosité inaccoutumée, Chakib Khattar avait proposé de le faire venir à Beyrouth pour poursuivre sa scolarité et passer son brevet d'études dans un établissement de la capitale. Chakib avait eu vent de ses très bons résultats chez les frères maristes de Zahlé. Il l'avait à plusieurs reprises convoqué quand il était à Kfar Issa, l'interrogeant sur ses études et sur ce qu'il souhaitait faire plus tard. Impressionné par le notable et par ses airs de grand prince intolérant et revêche, le garçon essayait de faire bonne figure. Et puis, un jour, Chakib parla de lui avec Abdallah tandis qu'ils marchaient tous les deux au milieu du maïs, dans le bruit rêche des grandes feuilles qu'ils écartaient en avançant et qui murmuraient à leurs oreilles comme la mer. Abdallah répondait en faisant un discret éloge de son fils, espérant vaguement quelque chose qu'il ne savait pas encore discerner au juste. Le lendemain, Chakib le convoqua, ainsi que Lamia. Il n'y avait plus entre eux depuis longtemps cette intimité des premiers temps, Chakib avait hérité de la position de son père et était devenu cet homme impatient et hautain, même si avec Abdallah et Lamia il continuait d'entretenir des rapports moins distants qu'avec le reste de son personnel, conservant une sorte d'affection filiale à l'égard de son régisseur, qui de son côté avait choisi la plus grande réserve dans son commerce avec celui qui était devenu son patron. Ce jour-là, Chakib venait d'achever sa sieste, il fit asseoir les Chahine en face de lui, comme d'habitude, et leur proposa d'envoyer Hamid – qu'il n'appelait jamais que « le garçon », ou « ce garçon » (« *ha'l sabé* ») – à Beyrouth pour passer l'année du brevet d'études dans une école de la capitale, et poursuivre, en cas de succès, sa scolarité là-bas. « Il pourrait ensuite faire des études d'ingénieur agricole, c'est une bonne idée non, *ya* Lamia ? », demanda-t-il, et la pauvre Lamia ne savait comment faire la part de sa reconnaissance, de sa joie et de son désarroi à l'idée que son fils allait partir. C'est alors Abdallah qui se chargea de dire que « oui, bien sûr, *ya* beyk, mais comment fera ce petit, nous n'avons pas les moyens », etc., sur quoi Chakib déclara que, bien entendu, tout serait à sa charge, cela n'était pas innocent, le garçon, s'il se montrait à la hauteur, reviendrait un jour travailler ici, sur ces propriétés, pour en améliorer le rendement, et Chakib fit un grand geste en désignant ses terres, et le village, et la Bekaa tout entière jusqu'aux confins des steppes et des montagnes bleues et arides à l'horizon.

Trois mois plus tard, au début de l'année scolaire, Hamid arriva donc parmi nous. Au début, il fut question de le mettre au collège de Zahret el-Ihsan, mais, sur les conseils d'Évelyne Khattar, Chakib accepta de l'inscrire au Lycée. Il devint notre condisciple et je découvris alors ce garçon un peu maigre, grand, aux yeux noirs de jais qui semblaient tantôt plus perçants qu'une sagaie, tantôt tendres comme le pelage d'un chat. Il eut quelques difficultés en français, mais ses capacités foudroyantes en algèbre et en géométrie lui donnèrent de l'avance sur Michel et moi, à cause du jeu des moyennes semestrielles. Cela évitait de créer des disparités qui se seraient rajoutées à celle que son statut social impliquait déjà. Car Hamid habitait dans la maison des Khattar une chambre de bonne que l'on atteignait par quelques marches discrètes, après être passé devant le palier des maîtres. Il recevait de l'argent de poche de ses parents, un argent qui était en fait versé par Chakib lui-même, et avec lequel le garçon vivait et mangeait, même si on lui envoyait de tout ce que l'on préparait chez les Khattar. Une fois par semaine, on l'invitait à la table de ces derniers, et c'était pour lui un supplice que de devoir se tenir raide devant Chakib ou de se servir dans le plat d'argent qu'un Soudanais lui tendait par-dessus son épaule. Les enfants Khattar riaient de ses maladresses et essayaient de le détendre en les dédramatisant. La deuxième année, lorsque nous fûmes tous en seconde, il cessa de venir. En revanche, Michel et moi passions alors notre temps dans sa chambre qui devint pour nous le refuge et le lieu providentiel de nos frasques clandestines. C'est là aussi que nous préparâmes nos baccalauréats français et libanais, Hamid nous expliquant patiemment les théorèmes d'algèbre et dessinant sous nos yeux des figures magiques de géométrie tandis que nous l'aidions en dissertation française.

Après le Lycée, j'entrai à l'École des lettres pour faire des études qui ne devaient pas me servir à grand-chose, car bientôt mon père allait subir un terrible coup dans ses affaires. C'était en fait une bêtise, un retard de payement de certains de ses débiteurs, mais qui s'accompagna de fortes pressions de la part d'impitoyables créanciers qui lorgnaient depuis des années son prestigieux négoce de tissus et qui, refusant d'attendre les payements que ses clients lui devaient, mirent bientôt la main sur ses biens. Je regrette de devoir dire que l'un de ces créanciers était Chakib Khattar lui-même, qui fut envers mon père très inamical, alors que les deux hommes se fréquentaient et avaient même des intérêts politiques communs. Par la suite, ma mère demeura dans notre maison de Marsad. Elle croisait parfois les Khattar à la messe ou dans des réunions de famille et Évelyne autant que son mari lui manifestèrent toujours une sorte de déférence hypocrite qui la mortifiait. Les créanciers de mon père finirent par payer leurs dettes et ma mère put mener un train de vie acceptable, mais je dus très vite renoncer à mes études et entrer dans l'administration. Je restai ami avec Michel, qui, de son côté, se plia aux exigences de son père et entra de mauvaise grâce à l'École d'ingénieurs. Hamid lui, fut contraint par son propre père de se mettre à travailler, afin de ne pas continuer à dépendre entièrement de la générosité des Khattar. Chakib, avec sa dureté légendaire, approuva la décision au lieu de la tempérer, et prit Hamid à son service en lui confiant la direction de ses entrepôts de marbre, puis d'une partie de l'usine familiale, la vache à lait des Khattar. Hamid trouva ainsi avant nous son indépendance financière et put désormais se joindre à notre groupe d'amis. Il nous accompagnait à la Cave des rois et au Scotch Club, ou quand nous allions au cinéma dans la décapotable de Fernand Tabet où nous nous entassions à sept ou huit, ou encore lors des soirées jazz au Kit Kat suivies d'escapades à l'aurore sur le bord de mer pour faire trempette, les femmes leurs escarpins à la main et les hommes le bas du pantalon retroussé comme des pêcheurs du dimanche et les pieds dans l'eau qui lapait nonchalamment les rochers.

5

Deux soucis allaient obscurcir la vie de Chakib Khattar et faire de son règne sur son clan et sa communauté une période de fastes et une sorte de long, lent et somptueux crépuscule. Le premier était celui du maintien, sinon éternel en tout cas à long terme, des Khattar dans leur fief, entourés de leur clientèle et même de leurs rivaux, autrement dit de la permanence de la présence chrétienne à Marsad et dans les environs, à Mazraa et Msaytbeh. Au moment où Hamid arriva à Beyrouth, les prémices des événements de 1958 étaient déjà à l'œuvre. Si Khattar réussit à faire élire son beau-frère une deuxième fois au Parlement (ses partisans, réunis devant la maison, bloquèrent la rue durant toute une partie de la nuit, tirèrent des coups de feu dans l'air et le portèrent en triomphe quand il revint des bureaux électoraux où il avait accompagné son candidat) et à assurer sa prééminence à Marsad, ce fut à la faveur de ses alliances et des positions qu'il prit durant les événements de 1958 aux côtés de ses alliés sunnites et nassériens, arrangements qui lui valurent les moqueries de ses adversaires, selon lesquels il était impensable qu'un grand notable chrétien, et industriel de surcroît, pût s'associer par conviction à des nationalistes arabes et des communistes. À ces critiques il répondait en haussant les épaules, car cette habileté politique lui permit de garder la mainmise sur Marsad où les musulmans devenaient de plus en plus nombreux, louant des commerces sur la grand-rue et des logements dans les petits immeubles que la spéculation élevait à l'emplacement des anciens jardins. Jouant la conciliation avec les Matar, ses rivaux orthodoxes de Marsad, il réussit à maintenir le quartier à peu près en dehors de cette première guerre civile. Il recevait sans cesse ses partisans, qu'il parvint à convaincre bon an mal an de ses choix politiques et stratégiques. Ses sympathies nassériennes, aberrantes pour un notable puissant, sa proximité avec les chefs musulmans qui à ce moment-là refusaient la prédominance chrétienne sur le Liban, toute cette jonglerie, il essayait de s'en expliquer avec succès devant ses fidèles, les abadayes de Marsad traditionnellement peu enclins à s'allier à leurs collègues sunnites. Il l'expliquait aussi aux petits artisans orthodoxes, aux épiciers et aux coiffeurs, tout ce monde qui défilait sans arrêt à cette époque dans ses salons. On s'asseyait dans les grands fauteuils et les canapés, sous les tableaux orientalistes et une représentation de nègre mangeant une pastèque accrochés aux murs et qu'on observait distraitement. On bavardait gravement dans un grand charivari avant de se taire pour écouter Chakib expliquer les derniers développements de la situation et la sagesse du parti consistant à se ranger aux côtés des rebelles contre le gouvernement. Soudain, quelques coups de feu éclataient entre les chamouniens et les fidèles des Khattar. Dans le salon tout le monde se levait, dans les maisons et les boutiques de Marsad on se précipitait imprudemment sur les balcons ou les pas de porte et l'on voyait des jeunes hommes armés courir et faire les paons dans les rues momentanément vides. Cela mettait de l'animation dans le quotidien des habitants, même si un soir une petite automitrailleuse de la police tira plusieurs rafales presque sous la maison des Khattar, faisant vrombir les fenêtres et l'air tout entier pendant de longues secondes. La panique se répandit parmi les bonnes et les filles du notable, on voulut aller voir ce qui se passait, mais on ne vit rien du tout. Des gardes en armes montèrent avertir Chakib de la situation. La rumeur disait que c'était là un avertissement du gouvernement aux Khattar, mais l'affaire fut réglée par quelques coups de téléphone. Lorsque les choses rentrèrent dans l'ordre et que la réconciliation fut entreprise par le président Chéhab, Chakib eut sa part dans le grand partage des pouvoirs. Il obtint pour son beau-frère un portefeuille dans le cabinet et sa puissance politique atteignit son apogée. Il se mit à recevoir le futur président Hélou et le Premier ministre Rachid Karamé lors de ses dîners mondains. Ces soirées, consacrées à maintenir sa position dans les cercles politiques, se démarquaient de celles qu'il consacrait à sa sphère plus rapprochée, celle de sa parentèle et de ses courtisans, durant lesquelles on jouait aux cartes et on riait des convives naïfs ou des parents de branches latérales peu nanties. Un soir par exemple, on feignit d'exiger du barbier Barghout de défaire son pantalon parce que sa jeune épouse avait raconté partout le lendemain de leur récente nuit de noces qu'elle avait découvert que Barghout n'avait qu'une couille. Au cours d'une autre, on se paya la tête du docteur Chader, le médecin de Marsad (qui était aussi *professeur à la faculté*, comme on disait en ce temps-là), dont les manières supérieures agaçaient les notables du quartier, au point qu'un soir où il était invité chez les Khattar à dîner on lui prépara un coup dans lequel trempèrent tous les convives habituels. Les moins familiers en revanche furent stupéfaits de voir arriver en pleine nuit, pendant la partie de poker, un fermier de Ras el-Nabeh, paniqué et parlant fort et trop vite pour que l'on sût ce qu'il voulait au juste, mais dont les propos laissaient deviner que sa femme ou l'une de ses filles, nommée Rose, était bien mal en point. Sous la pression des convives et de ses partenaires au jeu et notamment de Chakib Khattar lui-même, le docteur Chader dut se résoudre à se lever et à accompagner le fermier et ce n'est qu'à mi-chemin, saisissant un peu les propos du gaillard, qu'il soupçonna soudain le traquenard qu'on lui avait dressé et comprit en arrivant dans la ferme que ladite Rose qu'on l'avait poussé à courir soigner n'était ni la femme ni la fille du gars mais l'une de ses chèvres.

Bref, le début des années soixante fut pour les Khattar comme pour le Liban tout entier une période d'insouciante opulence. Chakib réussit à maintenir son beau-frère dans les divers gouvernements qui se succédèrent, il s'ouvrit par des succursales et des contrats les marchés de Bagdad et de Damas et acquit en 1961 les premières grandes scies, les imposantes armatures multilames que des ingénieurs italiens vinrent installer à Hay el-Bir. Cette innovation donna à ses activités un nouveau départ et à son entreprise l'avantage sur celles de ses concurrents. À Marsad, s'il voyait d'un œil fataliste l'augmentation démographique de la population musulmane, et s'il avait de fréquents apartés avec l'évêque à propos des terres du *waqf* et de la politique à suivre pour la vente de terrains à des particuliers musulmans, il demeurait persuadé que tout irait bien durant quelques décennies encore. Et en effet les cloches de Saint-Michel sonnaient à tout rompre en toute occasion. Les dimanches matin, en s'habillant, Chakib commentait la longueur de leur carillon et faisait parfois des blagues sur l'impuissant qui tirait les cordes. Il faisait aussi des projets pour les restaurer, non sans se rappeler en riant tout seul l'histoire du charpentier qui avait été chargé en 1937 de retaper les boiseries de l'église et qui peina dix jours durant, s'occupant des portes, des fenêtres et finalement de l'iconostase qu'il fit défaire entièrement, déposant avec ses aides les images de saints un peu partout sur les bancs et contre les murs avant de reponcer et repeindre le saint panneau et de tout replacer, mais pas dans le bon ordre, si bien que saint Chrysostome était à la place de saint Basile, et saint Basile à la place de saint Georges. Devant cet affligeant spectacle, le curé s'emporta, la famille du charpentier prit la mouche, les choses s'envenimèrent sous le regard hilare des habitants. C'était le bon temps, celui où les orthodoxes étaient les maîtres absolus du quartier, même si vingt-cinq ans après, à la sortie de la messe, le dimanche, le peuple était toujours considérable, si les femmes en voilette et les hommes en costume trois pièces continuaient à se bousculer sur le parvis et dans la rue. Chakib croisait Georges Matar, son rival politique, avec qui il plaisantait cordialement. Il présentait aussi ses hommages aux vieux en tarbouche et à certains ancêtres encore en séroual, tous d'anciens abadayes qui avaient fait le coup de poing, voire le coup de fusil contre les habitants de Basta, ou qui avaient sur les vieilles rivalités des histoires qu'ils aimaient à maintenir vives et à raconter lorsqu'ils venaient parfois rendre visite à Chakib. Ce dernier les répétait ensuite à ses amis, les notables sunnites qui dînaient et jouaient aux cartes chez lui, pour leur rappeler en riant que les orthodoxes furent les premiers habitants de Marsad et que leurs abadayes firent souvent mal à leurs concurrents musulmans de Basta et de Bachoura, ce que ses compères écoutaient en souriant complaisamment.

Mais si cette question du poids démographique des chrétiens dans les quartiers occidentaux de Beyrouth et celle du poids politique des Khattar qui en dépendait, semblaient commencer à se poser, ce qui bien davantage préoccupait Chakib, c'était l'affaire de sa succession et plus précisément, à long terme, celle de la permanence de son nom. Par-delà les plaisirs et les jours, les réussites économiques, les joies de la vie, les nuits animées, les changements d'automobiles, les voyages, les étés rieurs à Sofar et les pique-niques à Kfar Issa, ce thème plus sourd, plus sombre, insistait à l'arrière-plan. Par-devers lui, sans jamais en faire ouvertement le constat, Chakib observait avec impatience la lente dérive de son fils aîné qui se transformait à vue d'œil en rentier incapable. Son benjamin étant encore trop jeune, le notable aurait pu au moins se satisfaire du mariage de ses deux filles cadettes. Leurs alliances avec d'autres fortunes auraient pu lui permettre de compter sur ses gendres pour prendre un jour sa succession ou gérer ses affaires après lui. Or ce fut là aussi et de bout en bout une série de calamités, peut-être une véritable punition par anticipation pour ce que fit le notable avec sa fille aînée et avec Hamid.

Juste après les événements de 1958, et au milieu de la période dorée qui s'ensuivit, Chakib Khattar avait marié ses deux filles cadettes. Julie épousa Georges Habib, le fils d'un importateur de coton qui s'avéra un vantard et un dépensier mais que sa femme défendait bec et ongles et qui, pendant les dîners chez ses beaux-parents, parlait fort et étalait des opinions sur tout. De son côté Rayya se maria à Pierre Boutros, l'héritier d'une fortune industrielle, une sorte de dandy cultivé et hautain, qui parlait français, faisait sans cesse allusion à ses connaissances littéraires et artistiques parisiennes et n'arrêtait pas de dire son ennui d'avoir à vivre à Beyrouth. Membres de familles orthodoxes de Ras Beyrouth et d'Achrafieh et non de Marsad, ces deux hommes, dont l'alliance était importante aux yeux de Chakib, n'en donnèrent pas moins de gros soucis à leur beau-père. Georges Habib, au bout d'un an de mariage et à la mort de son père, hérita de l'entreprise familiale et, au terme d'une année supplémentaire où il estima qu'il s'ennuyait alors qu'il y avait tant de choses à faire dans la vie, se mit en tête de diversifier ses affaires. Très vite il s'avéra un touche-à-tout calamiteux. Il se mit à perdre de l'argent et Chakib, qui pouvait le rappeler à l'ordre de manière assez bourrue, entreprit bientôt de lui donner des conseils, puis de l'aider financièrement à se sortir de ses mauvais pas successifs tout en déclarant ne pas comprendre comment fonctionnait son gendre, ni comment il pouvait être maladroit au point de se lancer dans la commercialisation d'une bière allemande en plein hiver ou d'investir dans un projet de métro à Beyrouth alors qu'il venait d'interrompre la construction d'un immeuble à Gemmayzé à cause de l'eau qu'on avait découverte en creusant et qui avait rendu impossible de jeter les fondations du bâtiment. En revanche, Chakib n'avait aucune prise réelle sur Pierre Boutros, qui l'agaçait prodigieusement, entre autres parce que celui-ci regardait les habitants de Marsad comme des roturiers et réveillait chez Chakib ce désagréable sentiment d'infériorité envers les familles orthodoxes d'Achrafieh dont il ne parvenait pas à se débarrasser, malgré sa puissance et ses alliances. Boutros l'agaçait tant qu'il avait fini par permettre à ses courtisans de le tourner en bourrique par les farces un peu grivoises qui leur étaient familières, d'autant qu'il prenait plaisir à inviter son beau-fils non lors des dîners mondains où ce dernier aurait été à l'aise, mais avec sa clientèle et ses courtisans, avec les abadayes et les petits artisans de Marsad en compagnie desquels, ne pouvant parler littérature ou musique, Pierre s'ennuyait et se sentait rabaissé. Les Boutros espacèrent leurs visites et se mirent de plus en plus souvent à vivre en France. De Paris, il arrivait à Pierre, par esprit de provocation, d'envoyer à ses beaux-parents des revues auxquelles il avait collaboré ou de petits ouvrages publiés à compte d'auteur. Par politesse, Évelyne les feuilletait mais renonçait vite à les lire, surtout lorsque les ouvrages n'étaient pas coupés. Ce minuscule détail faillit d'ailleurs déclencher une véritable guerre. Découvrant un jour, chez les Khattar, que ces présents étaient négligés et que leurs feuilles n'étaient même pas détachées, Pierre Boutros eut la stupide idée de se venger en leur montrant son mépris et envoya le surlendemain un de ses livres, qu'il rapportait de Paris pour le distribuer à Beyrouth, à sa belle-mère. C'était un exemplaire non coupé, et Pierre joignait dans le colis un coupe-papier. L'allusion à l'ignorance et à l'incuriosité des Khattar était évidente, elle vexa Évelyne, mais mit Chakib en fureur. Quelques jours après, les Khattar organisaient un dîner assis en l'honneur du président du Conseil constitutionnel et les Boutros furent invités. Au moment où l'on passait à table, Pierre Boutros s'aperçut qu'il n'y avait pas, à la place qu'on lui avait assignée, de couverts pour le plat de résistance. Il y vit une faute qu'il se préparait à souligner publiquement. Au moment où on servait la viande, il attendit qu'un bref silence se fît pour signaler avec jubilation qu'il n'allait quand même pas manger avec les doigts. Contre toute attente, c'est Chakib qui répondit, assez fort et en interrompant toutes les conversations, « Oh ! Voyons, Évelyne, comment, tu n'avais pas remarqué ? », comme s'il était affligé d'un tel laisser-aller puis, avant que sa femme ne réagisse, il interpella une des bonnes qui servaient (et dans tout cela, Boutros aurait dû flairer le piège) et celle-ci, obéissant à des consignes préalables, apporta à Pierre, sur un plateau, une fourchette, une cuiller et un coupe-papier, tandis que Chakib, euphorique, s'écriait à l'adresse de son gendre : « Voilà, cher Pierre, ce sont les instruments qui te servent à vivre. Voyons maintenant comment tu vas couper ton bifteck. »

Cet incident jeta un froid entre les Khattar et leur gendre qui refusa pendant deux ans de remettre les pieds chez Chakib. Il n'accepta de revenir que sur l'insistance de sa femme et d'Évelyne, qui supplia son mari de le laisser en paix. Évelyne devait déjà supporter la mauvaise entente entre ses deux filles, que l'on disait naguère liées comme cul et chemise mais qui s'éloignèrent l'une de l'autre à cause de leurs mariages et de l'opinion de leurs maris respectifs l'un sur l'autre. Ces deux-là en effet se méprisaient mutuellement, le mari de Julie considérant celui de Rayya comme un incapable séjournant à Paris parce qu'il ne pouvait survivre dans l'environnement impitoyable de Beyrouth et de ses affaires, celui de Rayya regardant le mari de Julie avec une ironie glaciale, le considérant comme un ridicule fanfaron et un gesticulateur imbécile. Avec le temps, les défauts des deux gendres ne firent effectivement que s'aggraver. Pierre Boutros, que son beau-frère appelait Pierre Pierre ou

Boutros Boutros[1] pour le faire rager, s'enfonça dans l'improductivité, dilapidant sa fortune en voyages et en séjours dans les villes d'eaux et les casinos français, revenant de temps à autre à Beyrouth (et toujours en bateau, jamais en avion dont il avait une peur bleue, prétendant vouloir profiter de ses retours pour faire des escales dans les ports de la Méditerranée, ce qui évidemment lui coûtait une fortune) pour veiller à la vente de terres ou pour se chamailler avec ses propres frères à propos d'une affaire industrielle familiale qu'ils faisaient eux-mêmes fructifier en lui laissant sa part annuelle. Pierre Pierre ou Boutros Boutros était bien sûr, à cause de sa vie mondaine, toujours incroyablement chic, voire un peu vieille France, il aimait la poésie parnassienne, portait des gants de cuir, avait la moustache fine comme sa taille, et blonde, et se sentait flatté d'être pris pour un Français dans les rues de Beyrouth et dans les magasins, ce qui, plus que tout le reste, tapait sur les nerfs de son beau-frère Georges Habib. Ce dernier, que Pierre Pierre appelait en retour monsieur Chéri, était de son côté profondément ancré dans son terroir et sourcilleux sur les affaires de mœurs. Porté sur le vin et le whisky, il n'avait jamais cessé d'inventer de nouvelles formes d'investissement d'une fortune qu'il n'avait plus, essentiellement pour en parler à voix haute dans les soirées, argumentant jusqu'à ce que sa langue devienne lourde et ses yeux trop rouges. Mais l'homme était aussi capable de grandes envolées rhétoriques autour de telle ou telle affaire qui lui était proposée. Il s'y lançait ensuite, emporté par son propre argumentaire et facilement berné par des associés épisodiques profitant de ses

1. En arabe, Pierre se dit Boutros et Habib signifie « l'aimé ».

enthousiasmes et de son excessive et calamiteuse générosité. Tout ceci le mena progressivement à la ruine complète, et il acheva de dilapider son imposante fortune paternelle en mettant en vente les terrains de l'ouest de la ville, du côté de la rue Hamra, que son père avait achetés à tour de bras dans les années quarante et avant tout le monde. Monsieur Chéri les vendit pour investir dans des choses de plus en plus loufoques, misant notamment sur de fantasmatiques nappes de pétrole dans le sous-sol libanais. Il avait pour cela acheté des parcelles dans les dunes du sud de la ville, où il se révéla qu'il n'y avait pas une goutte de liquide noir et qui ne valaient rien pour elles-mêmes. Il songea alors à fonder sur le site un club de golf, s'endetta et ne fit rien sinon évoquer le projet avec de grands gestes au cours de soirées mondaines. La seule personne à croire sans fin à ses élucubrations, c'était Julie, sa femme, qui recueillait comme de l'or les paroles et les frénésies de son mari et vendit ses bijoux pour lui venir en aide, acceptant, quand monsieur Chéri eut hypothéqué et perdu jusqu'à son luxueux appartement de Ras Beyrouth, d'aller habiter dans une maison de la proche montagne que l'imagination de son mari avait transformée en un lieu paradisiaque, bien mieux, n'est-ce pas, disait-elle à ses amies, que le vacarme et la pollution de Beyrouth.

Face à tout cela, Chakib aurait peut-être haussé les épaules si son fils aîné, Michel, avait montré ne serait-ce que le plus petit intérêt pour les affaires familiales et pour la place des Khattar dans le monde, en attendant qu'Élias, le benjamin encore enfant, ne révèle ses véritables aptitudes. Or ce ne fut pas le cas. Avec les années, Michel était devenu une sorte de velléitaire, coureur de jupons et des cafés-concerts de Zeitouné puis de la rue Hamra, un garçon superficiel qui aimait les automobiles et les femmes et perdait tout caractère et tout relief pour se fondre dans le moule des jeunes gandins de sa classe sociale. Seul d'ailleurs son goût persistant pour les belles choses, qui le sauvait de la pente calamiteuse de la mièvrerie et du laisser-aller des fils de famille, faisait que j'arrivais à le fréquenter. Il venait parfois me voir dans le ministère où j'officiais, où j'étais chef de bureau, un poste qu'un ancien ami de mon père m'avait trouvé. Nous allions ensuite à Hamra acheter des livres et nous asseoir dans des cafés où Michel me racontait les histoires de ses dernières conquêtes amoureuses. Il travaillait par ailleurs avec son père à l'usine. Chakib lui avait assigné un bureau, vérifiait qu'il y venait régulièrement, chargeait même ses contremaîtres de lui faire des rapports sur son fils. Le constat était sévère, car Michel détestait l'usine, il détestait le vacarme des machines et encore davantage l'odeur de moisi et de produits chimiques qui emplissait les locaux. Il détestait avoir le bas de ses pantalons invariablement tachés par les éclats de boue blanche que renvoyaient les grandes scies. La nécessité de crier sans arrêt pour converser avec les ouvriers le fatiguait. D'ailleurs, il n'avait aucune empathie pour ces hommes qu'il trouvait ridicules à travailler au soleil avec un sac en papier en guise de coiffe. Contrairement à son père, il ne s'intéressait ni à leur vie ni à leurs problèmes. Un jour, il faillit s'évanouir à la vue de la douleur d'un contremaître sur qui un bloc de plaques de marbre récemment tranchées venait de tomber, lui broyant les jambes, et il fallut s'occuper de lui autant que du contremaître. Les jours suivants, il ne se soucia pas d'aller rendre visite à ce dernier chez lui. Ce genre d'attentions ne lui venait jamais à l'esprit, si bien que les ouvriers ne l'aimaient guère, bien évidemment, et lui en retour se sentait aussi étranger à l'usine que moi lorsque parfois j'allais l'y trouver, moi qui n'avais ni usine ni fortune.

Réagissant de manière inattendue à la désinvolture de son fils et à l'intérêt de ce dernier pour ce qu'il considérait comme des futilités, voyages, voitures, femmes, Chakib Khattar reporta son estime sur Hamid, dont il aimait le sérieux et le côté travailleur, sans se douter que cette façon de traiter le jeune homme allait avoir des résultats désastreux. Car Hamid voyait bien le comportement de Michel, il entendait aussi les histoires des deux gendres, côtoyait Pierre Pierre et monsieur Chéri, le premier le regardant avec condescendance, le second le prenant à part pour lui décrire ses futurs projets dans le lait caillé ou le pétrole. Et sans doute commença-t-il à se sentir plein d'espoir, car il gagnait simultanément la confiance de Khattar qui lui racontait sans se gêner sa détestation de ses gendres. Hamid au commencement dut éprouver une gêne à être ainsi pris pour confident par le grand notable. Il opinait discrètement, entre deux documents que son patron lui donnait à lire, mais sans vouloir paraître trop empressé ou trop zélé, allant même jusqu'à prendre par courtoisie la défense des deux gendres et celle de Michel. Chakib le regardait alors d'un air apitoyé, affligé par sa naïveté ou le soupçonnant de sympathie pour son fils. Souvent, quand ils travaillaient tous les deux en silence, Khattar levait la tête de sa paperasse, assurances, commandes, quittances et correspondance de ses fournisseurs, enlevait les lunettes qu'il mettait pour lire et de but en blanc posait à son bras droit une question qui n'avait rien à voir, lui demandant son avis à propos du gouvernement de Rachid Karamé, ou bien l'interrogeant sur Kfar Issa et sur sa vie là-bas. Ou alors c'est lui qui racontait des anecdotes sur Marsad, et des histoires sur les abadayes du quartier dont il avait visiblement la nostalgie et qui le rendaient fier, comme celle de Mitri Jalkh qui rentra un soir et se coucha selon son habitude avec son revolver sous son oreiller et que sa mère sauva en subtilisant l'arme et en la cachant entre ses seins au moment où les gendarmes venaient arrêter son fils soupçonné à juste titre d'avoir abattu un rival musulman à Basta. Ou celle de Badi' Jbeili qui, pour punir un jour le fils Germanos d'une grosse indélicatesse que ce dernier avait eue à l'égard d'un groupe de jeunes filles en pique-nique, l'attendit à la porte d'une maison où l'on donnait un bal et le força à y entrer en chaussettes, les souliers dernier cri attachés par leurs lacets l'un à l'autre et tous les deux pendus en bandoulière autour de son cou. Ces anecdotes faisaient beaucoup rire le grand notable qui ensuite se levait, laissant à son second du travail à faire. Et souvent aussi, il expliquait à ses contremaîtres que c'était auprès de Hamid (qu'il appelait même *khawéja* Hamid, pour donner l'exemple) qu'il fallait déposer les doléances, après quoi ce dernier s'occupait des tuyaux percés, des camions qui avaient versé dans la montagne, des problèmes d'un ouvrier qui avait une mère malade et demandait une avance ou un petit bonus. Quand Hamid prenait l'initiative de payer le bonus, Chakib le lendemain l'apprenait, faisait une petite moue puis agréait. Hamid s'autorisa de plus en plus de libertés à l'usine et les ouvriers se mirent à l'aduler. « Dis donc, Hamid, tu es le roi, ici », lui lançait Chakib en riant, et il ne semblait nullement en prendre ombrage, au contraire, il en paraissait curieusement fier. À l'inverse de Michel, Hamid aimait l'ambiance de l'usine, c'est lui qui tous les matins s'occupait des armures et du cérémonial de leur mise en marche. Le bercement gigantesque des lames lui donnait un sentiment de jubilation et de puissance, tout comme le glissement de la grande grue au-dessus du labyrinthe des blocs de marbre empilés, et la gestion de la vie quotidienne des hommes et des machines. Petit à petit, il prit la responsabilité de modifier la politique de l'entreprise, il encouragea l'ouverture sur les marchés naissants des pays du Golfe ou l'achat de nouveaux modèles très onéreux de polisseuses. Et puis il devint aussi plus à l'aise dans le salon de ses patrons, non seulement quand on y recevait les courtisans mais aussi lors des réceptions politiques et mondaines. Chakib le présentait comme son conseiller. Hamid serra la main à Charles Hélou, à Saëb Salam et à Rachid Karamé. Un soir, même, invitant ses hôtes à passer à table, Chakib incita Hamid à faire de même d'une tape sur l'épaule, avec une sorte de familiarité amicale dont il n'était pas coutumier. À ce moment, Hamid était secrètement en train de songer à se marier et tout cela, devait-il penser, était en train de lui faciliter la tâche. Il entrevoyait, en devenant le bras droit indispensable de Chakib, la possibilité que ce dernier finisse par accepter de lui donner sa fille, d'admettre auprès de lui un homme qui n'était pas issu de ce qu'on appelait *les familles*. Simone en cela encourageait le jeune homme, voyant surtout la manière peu habituelle que son père avait de le traiter, d'écouter son opinion sur la politique, les chevaux, le marbre ou les habitants de Marsad, ou de jouer avec lui à quelque chose que Hamid exécrait par-dessus tout mais qu'il pratiquait pour faire plaisir à son patron, à savoir les parties de trictrac que tous deux faisaient avant l'arrivée des convives, alors que tout le monde était déjà en tenue de soirée. Simone alors était radieuse, elle riait, devenait câline avec son père comme si cela pouvait amplifier l'intérêt de Chakib pour son amant secret et donc faire avancer leur affaire. Sauf que, dans leur cas à tous les deux, il y avait maldonne.

6

Le jour où il enleva Simone, Hamid Chahine se réfugia avec elle dans la maison de Costa Rjeili, dans le quartier sud de Marsad, près du Club sportif. Je n'ai jamais su si Hamid avait conscience de la gravité de l'acte qu'il commettait là, s'il le fit sciemment ou s'il était acculé au point de ne pas mesurer la portée de ses gestes. Car si la femme de Costa Rjeili était sa tante paternelle et la sœur d'Abdallah, il n'en demeure pas moins que Costa, un abadaye fameux de Marsad, était un des partisans les plus redoutés des Matar, les rivaux des Khattar. Il était même de notoriété publique en ces temps-là que son allégeance aux Matar était due à une vieille inimitié avec les Khattar, inimitié qui avait souvent tourné à l'affrontement entre les deux clans durant les années glorieuses de l'histoire de Marsad. D'après ce que rapportent les vieilles chroniques du quartier, cette brouille remonterait au temps des spéculations et des spoliations qui eurent lieu durant la Grande Guerre. Costa Rjeili était alors un jeune menuisier de Marsad et l'armée ottomane l'enrôla de force en 1916. Durant son absence, la famine toucha durement sa famille qui se trouva contrainte de céder sa maison pour presque rien, pour un sac de blé ou un peu de viande. Sur ce point, tous les récits concordent : la personne qui acquit ce bien, qui échangea sans pitié un peu de lentilles ou quelques portions de mouton contre la demeure et le terrain qui l'entourait, planté de néfliers et de citronniers, n'était autre que Mkhayel Khattar, le grand-père de Simone. D'après ces mêmes chroniques néanmoins, Mkhayel n'exigea pas des anciens propriétaires qu'ils abandonnent les lieux. Il joua au grand prince en invitant les Rjeili à continuer à vivre comme chez eux dans la maison qu'il venait de leur arracher et eux y restèrent, n'ayant nulle part où aller. C'est là que Costa rentra quand il revint du front et on peut imaginer sa réaction lorsqu'il apprit la vérité, on peut imaginer sa stupéfaction, sa colère, son envie d'en découdre et de se faire justice lui-même et peut-être alors déterra-t-il les armes qu'il avait enterrées dans son jardin avant de partir. Mais on le raisonna, on lui parla et on lui expliqua que c'était inutile, il comprit vite qu'il n'y avait pas beaucoup de solutions, que tout avait été fait dans la légalité et que d'ailleurs, dans le Liban nouveau en train de naître, les puissants étaient ceux qui avaient spéculé sur le blé et la viande, que nul ne regarderait plus le passé, que ce qui était fait était fait. Non sans avoir renoncé à se venger un jour, il reprit son métier de menuisier, celui que son père lui avait laissé. Le travail était alors fructueux et les marchés insatiables, Marsad grandissait, le Liban entrait tout entier dans une ère de prospérité nouvelle, des constructions s'élevaient qui n'étaient plus seulement de grandes dames aux fenêtres en arcade mais de petits immeubles aux larges terrasses ou des villas modernes, et pour les meubler, pour faire les portes, les fenêtres, les armoires, il fallait des menuisiers. Costa en profita, sa menuiserie, qui était sur la grand-rue en face de la maison des Khattar, travailla bien, il embaucha des apprentis, les scies et les raboteuses dansèrent inlassablement entre leurs mains calleuses, les planches s'alignèrent devant sa boutique, Costa avait les cheveux blanchis par la poussière et, pour discuter avec les passants, il devait crier pour que l'on arrête le vacarme et qu'on puisse s'entendre, ou bien il sortait dans le calme de la rue et quand il rentrait, il marchait sur des copeaux frais qui craquaient sous ses pieds. L'après-midi, il se lavait, s'habillait et allait s'asseoir au café Masaad, comme le firent de tout temps les abadayes du quartier, et c'est à cette époque qu'il se mit au service de Noula Matar. Et puis un jour il décida de se marier. C'est durant une partie de chasse avec Noula dans la Bekaa qu'il rencontra Catherine Chahine. Il alla ensuite la demander en mariage à son frère Abdallah qui était encore un maquignon et ce dernier la lui accorda, même si Costa était grec-orthodoxe et lui grec-catholique. En vue de ses noces, Costa envisagea de rehausser d'un étage la maison familiale afin d'y loger son épouse. Il entama donc des travaux, et c'est à ce moment que, d'après la chronique et les souvenirs transmis de génération en génération, les choses dégénérèrent avec Mkhayel Khattar. Costa oublia-t-il qu'il habitait une maison qui ne lui appartenait plus, ou bien agit-il par provocation ? Nul ne le saura jamais. Toujours est-il que Mkhayel trouva là une bonne occasion de punir l'abadaye non pour avoir entamé les travaux sans son autorisation, mais parce qu'il était devenu l'homme de main des Matar. Pour arriver à ses fins, il avait plusieurs solutions, il pouvait envoyer les gendarmes, ou faire savoir par un huissier qu'il souhaitait qu'on interrompe les travaux. Mais Mkhayel agit autrement, il se contenta de prononcer un mot, ou une petite phrase qu'il adressa à Costa, disons un dimanche à la sortie de la messe, mais un mot, une phrase, dont il savait qu'ils auraient un effet dévastateur. Sur le parvis de l'église Saint-Michel, au milieu de la foule endimanchée, des hommes en tarbouche et costume-cravate ou en séroual, qui se groupent pour discuter, et des femmes, la voilette sur les cheveux, qui bavardent en riant, voilà donc Mkhayel Khattar qui interpelle Costa et lui fait à voix haute, et à bon entendeur salut, une remarque désobligeante, d'un air hautain, une remarque humiliante du genre : « *Chou, ya* Costa, il paraît que tu construis un mur sur une terre des Khattar sans en avertir les propriétaires ? » ou encore : « Tu oublies tes devoirs, *ya* Costa, ce n'est pas bien. »

Si c'est ainsi, et cela est fort plausible, alors en effet l'humiliation est grande, l'affront est grave. Mais on peut penser qu'après en avoir longuement discuté avec sa parentèle et même avec les Matar, Costa ravale sa honte et décide, avec une aversion qu'il a du mal à surmonter, de rendre visite à Mkhayel pour lui demander l'autorisation de poursuivre le travail de construction. Et pour que, finalement, les choses aient pris la tournure qu'elles ont prise, il faut que l'entrevue se soit très mal passée, sinon tout le reste ne serait vraisemblablement pas arrivé. On peut imaginer que Khattar fait attendre Costa avant de le recevoir, puis quand il le reçoit il se montre peu amène, voire désagréable, il l'invite à s'asseoir mais avant que Costa ait eu le temps de dire un mot il lui déclare qu'il se serait attendu à ce que l'on vînt plus tôt le voir, et non après avoir commencé les travaux. Peut-être ensuite rappelle-t-il qu'il a laissé la jouissance de la maison aux Rjeili mais pas de droit sur le bien et pour finir, c'est tout à fait possible, il lui demande avec méchanceté pourquoi il a besoin de construire, pourquoi il ne ferait pas habiter sa femme avec sa mère, ce n'est pas assez grand pour lui peut-être, etc. Bref, si l'entrevue a lieu, et si elle finit ainsi, il ne peut plus faire de doute qu'après quelques jours de macération de sa colère et de son indignation, Costa entreprend cette action singulière dont Marsad gardera longtemps le souvenir. À peine sorti de chez les Khattar, il rentre chez lui et, en deux jours, il entreprend de vider sa maison, de sortir les meubles, les armoires, les lits et toutes les provisions des greniers, les dames-jeannes, les bocaux et les sacs de grain et d'herbes, et les embarque sur des carrioles, mais tout cela en silence, sans sortir d'un mutisme effrayant, d'une sourde colère que tout le monde lit dans ses yeux mais sur laquelle nul n'ose l'interroger, ni ses voisins, ni ses sœurs accourues l'une après l'autre avec leurs maris, ni même sa mère qu'il emmène le premier jour en marchant devant elle dans les traverses, jusque chez un de ses oncles où il l'installe sans explication. Après quoi, en décourageant quiconque de venir s'interposer entre lui et sa colère, il détruit méthodiquement, pierre par pierre, les murs entre lesquels il est né, où sans doute son propre père est né avant lui, il les abat sous le regard consterné des habitants de Marsad qui viennent regarder craintivement depuis la rue l'étrange travail et la disparition de la vénérable maison Rjeili, puis la chute des arbres de son jardin, les citronniers et les orangers, puis les néfliers et les grenadiers que Costa arrache et renverse l'un après l'autre – pas en les sciant, non, en les déracinant, pour qu'il n'en reste aucune trace dont pourrait profiter quiconque, il attache des cordes à leur sommet et les arrache furieusement.

Puis il dévaste les bosquets de jasmin et de gardénias tandis que ses sœurs éplorées, comme des femmes de tragédie, courant à droite puis à gauche sur les restes de ce qui fut leur maison, se déchirant les vêtements ou déchirant ceux de leur frère, essayent de le retenir ou de crier pour lui faire prendre conscience de ses actes. Mais Costa les repousse sans ménagements, fait venir d'autres carrioles avec des ouvriers qui l'aident à charger les pierres, le bois des fenêtres et les restes de dallage, et quand tout cela est achevé, le site de la maison de l'abadaye et de ses ancêtres n'est plus qu'une friche. Un an après, à cent mètres de l'ancienne demeure, sur un terrain appartenant à Farès Azar et qu'il lui achète argent comptant, il va élever sa nouvelle habitation qu'il utilise désormais dans sa guerre inlassable contre les Khattar et lors des manifestations de soutien aux Matar chaque fois qu'une occasion se présente, élections de moukhtars, de députés ou meetings populaires. Il y reçoit les abadayes des clans opposés à Mkhayel et, lors des élections législatives de 1934, il déroule sur sa façade des calicots où s'étalent des slogans à la gloire de Habib Germanos qui se présente contre un candidat porté par Khattar et pour qui il fait ouvertement campagne, le recevant même chez lui un jour en grande pompe, faisant tirer des coups de feu par ses amis et par ceux de Germanos. À cela, qui l'agace prodigieusement, Mkhayel réagit sèchement, use lui-même de provocations en faisant régner la terreur devant la maison des Rjeili, forçant des passants nocturnes à s'en éloigner, envoyant jeter des chiens morts dans le jardin de son rival et raconter partout à Marsad que les abadayes musulmans de Basta se sont acoquinés avec Costa et viennent souvent lui rendre visite, ce que nul ne voit mais que beaucoup sont portés à croire, selon leur allégeance politique et familiale. Et puis, simultanément à cette forme de guérilla contre Rjeili, Khattar use d'une autre stratégie. Grâce à ses relations et à sa puissance politique, il impose un embargo sur le travail de Costa, il réussit à empêcher l'évêché de lui faire des commandes, il le prive de la clientèle des grandes familles d'Achrafieh qui avaient pris l'habitude de lui demander la confection de pièces souvent complexes et coûteuses. Il réussit peut-être même à empêcher sa parentèle à Marsad d'aller voir Costa pour une petite armoire à faire, ou des chaises ou un buffet. Peu à peu, évidemment, cela se ressent sur le mode de vie au quotidien du menuisier, déjà sévèrement secoué par ses dépenses et ses frasques politiques. Mais l'abadaye n'abdique pas, et pour montrer qu'il continue à travailler, il fait des armoires pour personne, récupère et recycle des panneaux de bois qu'il transforme en fausses portes exposées sur le trottoir et sort souvent ses établis sur le bord de la rue pour faire mine d'œuvrer au vu de tous les fidèles des Khattar et sous leurs fenêtres, pour montrer qu'il n'est pas encore complètement à genoux. Il l'est pourtant, mais cela n'empêche pas Catherine d'arriver fièrement les dimanches à l'église, avec sa voilette noire, accompagnée de sa mère, ou d'aller en ville régulièrement et de revenir suivie d'un portefaix qui apporte ses courses, de tomber enceinte et de refuser la posture que les femmes de ce temps adoptent en pareil cas, de refuser de se soumettre à ses vapeurs et à ses langueurs, sortant le ventre arrondi, allant ainsi chez ses parents, revenant par les traverses en faisant la causette à chaque pas de porte. Et la ruine n'empêche pas non plus Costa lui-même d'accompagner Noula Matar à la chasse et de rentrer avec du gibier qu'il arbore comme autant de trophées, d'aller à Alep acheter des chevaux pour les notables (et son rôle d'intermédiaire lui rapporte un argent précieux), de continuer à veiller avec attention sur les prébendes des Matar. La geste des abadayes de Marsad rapporte à ce propos qu'il eut un rôle capital dans l'échec des candidats des Khattar lors d'une élection de moukhtars, si bien que toute la nuit suivant la proclamation des résultats, et à mesure qu'on s'assurait de la défaite de Mkhayel, les partisans des Matar fêtèrent l'événement en tirant des coups de fusil et de pistolet devant la menuiserie de Costa, sous les fenêtres des Khattar. Et finalement l'inévitable se produisit, on en vint aux mains, les amis des Khattar et les parents de Costa Rjeili ouvrirent le feu les uns sur les autres, se fusillant d'un côté de la rue à l'autre pendant de longues minutes un soir pour un motif oublié, une altercation, une provocation, avant que les gendarmes n'interviennent. Au bout d'une nuit puis d'une journée où Marsad sortit stupéfait de l'affaire, des plénipotentiaires des Matar, des Nassar et d'autres clans moins importants allèrent chez les uns puis chez les autres, et au terme d'une autre journée de tractations et de négociations, les deux familles acceptèrent, sinon de faire la paix, du moins de respecter une trêve, une trêve qui dura plusieurs décennies et jusqu'à ce jour où Hamid enleva Simone Khattar.

C'est donc dans cette maison lourde en symboles aux yeux de tous les habitants de Marsad, et à ceux des Khattar en particulier, que trente-quatre ans après Hamid vint se réfugier en ce dimanche matin où il enleva Simone. Ce jour-là, en effet, les choses ne furent pas pour lui aussi faciles que prévu. L'usurière de Msaytbeh qui lui avait promis un petit appartement se rétracta en voyant arriver les deux fugitifs et prétexta qu'ils n'étaient pas mariés. Il est plus probable que, les sachant coincés, elle tenta de leur soutirer plus d'argent. Après avoir discuté et menacé, Hamid craignit que la vieille rombière n'ameutât tout le quartier et n'attirât sur eux l'attention. Les deux amants la laissèrent et se mirent à errer dans la voiture du fils Smaïra, à travers les rues vides de ce dimanche beyrouthin, en cherchant une autre solution. Il n'était pas question pour le jeune homme d'emmener Simone dans un meublé minable, et les hôtels ne les auraient pas acceptés tant qu'ils n'étaient pas mari et femme. Simone proposa qu'ils aillent se réfugier clandestinement dans la résidence d'été des Khattar à Sofar où en cette saison, s'ils étaient prudents, nul ne les remarquerait. Mais c'était trop loin, ils devaient dès le lendemain préparer leur mariage, et c'est ainsi que Hamid proposa qu'ils aillent chez Costa Rjeili. Le fils d'Abdallah connaissait-il l'histoire de l'ancien abadaye et de ses conflits avec les Khattar ? Je ne sais. En tout cas, ce n'était pas un très bon calcul, d'autant que le pays était au seuil d'une période électorale durant laquelle Rjeili soutenait le candidat des Matar (après avoir été un partisan de Noula, il était désormais considéré comme un allié de son fils Georges) et ce genre d'affaires matrimoniales était susceptible d'interférer négativement dans la campagne. Et puis Costa ne pouvait se permettre de donner l'impression qu'il était complice de l'enlèvement de Simone, cela n'était pas dans ses mœurs de vieil abadaye. Aussi, dès les premiers jours, il se montra courtois, blagua pour mettre Simone à l'aise, mais ne cessait en aparté de reprocher son acte à son neveu, ça ne se fait pas, une fille d'une telle famille, on ne l'enlève pas impunément, ça va attirer des ennuis, et d'ailleurs comment tu vas faire, tu avais une si bonne position, tu as trompé la confiance de ton maître… Hamid eut beau lui expliquer les faits, lui parler de son amour, l'ancien fier-à-bras semblait trouver cela trivial. Il lui demandait souvent ce que sa mère penserait de son attitude et cela agaçait Hamid, au point que Costa finissait toujours par s'en vouloir, tapait sur l'épaule du garçon en se levant et lui demandait d'agir afin que le mariage soit arrangé au plus vite. Or les formalités que Hamid croyait réglées se compliquèrent, comme s'il fallait que tout se mît contre lui pour l'empêcher de réaliser ce qui ne devait, ce qui ne pouvait pas l'être. L'intervention foudroyante de Chakib y fut pour quelque chose. Ce dernier alerta l'évêché grec-catholique dont Hamid dépendait. Du coup, les curés de la région refusèrent de marier les deux jeunes gens, à commencer par celui de Ras Beyrouth avec qui Hamid s'était pourtant entendu et qui, pour ne pas avoir l'air de se dédire mais qui ne pouvait non plus désobéir à son supérieur, conseilla à Hamid de s'adresser à un curé de ses amis dans l'évêché du Mont-Liban, au-dessus de Saïda. Mais pour cela il fallait faire d'autres papiers, obtenir encore d'autres extraits de baptême et c'est à cause des sorties, même discrètes, que cela imposait, que les voisins et les passants de la petite rue de Marsad où habitaient les Rjeili aperçurent l'ancien employé des Khattar. La nouvelle parvint à Chakib et ce dernier, le matin du quatrième jour, et non sans avoir calmé les ardeurs vengeresses de ses partisans qui voulaient en découdre avec les Rjeili, apparut chez Costa. Hamid n'y était pas, il avait emmené Simone pour la sortir de son tête-à-tête avec sa tante, même si cette dernière se mettait en quatre pour ses hôtes. Elle était très flattée et très embarrassée de la présence chez elle de Simone, faisait des plats particulièrement soignés, essayait de tenir une conversation, allait jusqu'à donner sa propre chambre à la jeune fille qui ne devait évidemment pas dormir avec Hamid avant les noces, les Rjeili se sentant lourdement responsables de cela. Chakib donc apparut. Il était seul. Il laissa son automobile devant le portail du jardin et monta les marches du grand escalier des Rjeili. L'accueil que lui réserva Costa fut des plus courtois, même si les deux hommes s'observèrent avec méfiance. Chakib fit mine de ne donner à aucun moment l'impression qu'il essayait de voir qui il y avait dans la maison, il ne promena pas une seule fois son regard sur les meubles qui encombraient le petit salon, sur le dressoir couvert de bibelots, de petits objets et de napperons, ni sur les pins que l'on voyait par les fenêtres ouvertes. Cela lui donna un air encore plus sombre, fixe et un peu hostile. Il salua assez laconiquement la tante de Hamid (« *Kifik, ya* Catherine ») alors qu'il la connaissait bien, et Catherine répondit en marmonnant, car son inquiétude était grande. Puis elle sortit (et en la laissant partir Costa fit, en réponse à un regard inquiet qu'elle eut, un signe confiant – « Ne t'en fais pas, ça ira »), et les deux hommes, après s'être assis, parlèrent. Chakib déclara que Costa devait savoir pourquoi il venait le voir. Costa dit que c'était sans doute pour Hamid. L'autre dit : « Non, pour ma fille. » Costa opina et se tut. Puis Chakib répéta ce qu'on lui avait dit à propos de la cachette de Simone (et tout le long de l'entretien, il ne parla à aucun moment des deux amants au pluriel, n'évoquant que sa fille, « je sais que ma fille », « ma fille ne peut pas », etc.). Costa, sans broncher, attendit la suite. Chakib dit alors qu'il ne fallait pas que les Rjeili se fassent les complices de cet enlèvement. Costa répondit que Hamid était son neveu et qu'il ne pouvait l'abandonner à son sort. « Mais tu dois aussi le raisonner, *ya* Costa », dit Chakib froidement. À cela Costa ne répliqua pas et Chakib ajouta alors : « Nos familles ne sont plus ennemies, Costa, penses-y. Ce qui est passé est passé, nous avons tous laissé derrière nous ces anciennes histoires et aujourd'hui nos divergences politiques ne doivent pas se transformer à nouveau en querelles de familles, cela n'aurait aucun sens, d'autant que je portais à ton beau-frère une grande amitié, tu le sais. » Costa se tut encore, fixant un morceau du tapis sur lequel le notable avait les pieds, puis il leva lentement les yeux et dit que Hamid n'était pas un si mauvais garçon, qu'il avait de l'avenir, « Tu le sais, c'est en partie grâce à toi, Chakib beyk ». Et avant de permettre à Khattar de répondre, il ajouta : « De toute façon ces deux jeunes gens s'aiment vraiment, ils seront heureux. » Khattar ne réagit pas, il ne déclara pas : « Ce n'est pas à vous de décider du bonheur des filles des autres familles », comme Costa s'y attendait, son regard ne varia pas, resta fixé sur lui mais de très loin, comme voilé par ses pensées. Le notable finit par dire qu'il savait ce que valait Hamid (il dit « ce que vaut ce garçon », il dit « le garçon » sans prononcer le nom de son ancien bras droit, comme si désormais il lui brûlait les lèvres), mais qu'il ne pouvait accepter ce mariage, et encore moins l'affront qu'il avait subi, c'était une question de principe, et aussi beaucoup plus que de principe. Puis il se leva, déclarant qu'il comptait sur Costa Rjeili pour renvoyer Simone chez elle, ou sinon les choses pourraient échapper à tout contrôle.

Or, bien entendu, Costa ne put raisonner Hamid. Il prit même dès cet instant son parti. Et s'il ne fit rien pour lui faire changer d'avis, c'était moins parce que le jeune homme était son neveu ou celui de sa femme que parce qu'il était fort peu à même de supporter les menaces de Chakib Khattar, qui réveillaient en lui de vieilles rancunes. D'ailleurs, même s'ils l'avaient voulu, les Rjeili n'auraient pas eu le temps d'agir, car dès le lendemain soir les choses dégénérèrent. Les chroniques de Marsad ont gardé de cet épisode de la lutte des familles entre elles des traces indélébiles parce que s'y sont trouvés souvent mêlés les événements du temps, et notamment les élections de 1964. Les choses donc se précipitèrent et Hamid fut évidemment le premier visé, le lendemain même de la visite de Chakib Khattar. Il rentrait de Saïda où il avait rencontré un prêtre susceptible de le marier. Il longeait des traverses après avoir laissé le taxi collectif, passant devant des perrons éclairés d'où parfois lui parvenaient des voix et des rires. Depuis de petits immeubles, des lumières projetaient dans la nuit, sur les arbres et la rue, des ombres démesurées. Il progressait fébrilement, impatient de retrouver Simone, se rangeant sur le côté quand une automobile passait. Il allait atteindre le portail du jardin de la maison des Rjeili lorsqu'une voiture jaillit de la nuit, s'arrêta derrière lui et, avant qu'il ait pu comprendre ce qui se passait, deux hommes en bondirent. Il fut plaqué contre la grille, reçut des coups au visage et au ventre auxquels il répliqua en utilisant en guise de fouet la chaîne qui servait à maintenir les deux battants du portail. Il la lança à la figure du premier puis à la nuque du deuxième, il y eut du sang, des cris et lorsque enfin il entra chez sa tante, il avait plusieurs blessures au visage et aux bras. Mais il y eut plus grave encore, une lamentable méprise des gens de Chakib qui pensèrent se saisir de Simone alors qu'elle se trouvait assise quelques jours plus tard auprès de Hamid dans la voiture de Costa. Or, en fait, c'était bien ce dernier qui revenait avec sa femme d'une soirée chez des cousins. Dans une ruelle de Msaytbeh, une autre automobile qui roulait derrière eux depuis un moment les doubla, se rabattit sur eux et les força à s'arrêter. Avant que Costa ait pu réagir, ou essayer de faire marche arrière pour s'extraire de ce piège, trois ou quatre hommes se ruèrent sur lui et avec des barres de fer entreprirent de briser violemment les vitres de sa voiture, frappant la carrosserie en essayant d'ouvrir la portière du côté passager pour en extraire celle qu'ils croyaient être Simone. À travers la pluie de verre qui s'abattait sur les deux occupants de la voiture et malgré les cris de Catherine terrorisée, Costa, des éclats de vitre dans les yeux et la bouche, du sang sur les mains et le visage, réussit à faire enfin marche arrière, avant que subitement, sans qu'il comprenne pourquoi (ils venaient simplement de se rendre compte de leur méprise, mais lui n'en savait rien), les trois ou quatre sbires ne lâchent prise et repartent en courant vers leur véhicule.

Évidemment, l'affaire fit scandale. Les partisans des Matar et les alliés des Rjeili montèrent sur leurs grands chevaux. Le lendemain, la maison fut assaillie par les visiteurs qui venaient témoigner de leur solidarité, on se bousculait dans le grand escalier qui montait jusqu'au perron, dans le petit salon encombré d'objets. Les hommes parlaient bruyamment, assis du bout des fesses sur les canapés et les fauteuils, ou debout près des fenêtres et sur le balcon, manipulant frénétiquement les passe-temps, aspirant bruyamment le café que Catherine, aidée de quelques femmes du voisinage, essayait de faire circuler comme si on était dans une réunion électorale. Et d'ailleurs, aux yeux de presque tout le monde cela avait un lien avec les prochaines élections, d'autant que dans l'incident et le bris de vitres de l'automobile, la photo du candidat des Matar, que Costa Rjeili avait collée sur son pare-brise arrière, comme c'était la coutume alors, avait été réduite en lambeaux. Pour contrer cette méprise, Chakib appela Georges Matar qui à son tour téléphona à Costa Rjeili pour lui demander de faire en sorte de rendre son neveu à la raison et la fille de Chakib à son père. Mais Costa déclara qu'il ne pouvait plus désormais travailler en ce sens, que cela serait interprété comme une faiblesse ou de la peur.

Tout le monde comprit dès lors que les choses allaient devenir ingérables et que Costa Rjeili allait désormais agir non plus pour les beaux yeux de Hamid mais pour se venger de tout le vieux passif demeuré entre lui et les Khattar et que l'agression avait réveillé. Le surlendemain, il alla à Ayn Chir, à l'église Saint-Georges, chez le prêtre orthodoxe qui était de ses amis. Avec ce curé, il était comme cul et chemise. Peut-être avaient-ils été à la guerre ensemble et Costa avait-il sauvé le futur homme de religion de quelque mauvais pas, ou bien le curé avait voulu un jour épouser une jeune femme et l'abadaye l'avait aidé à l'enlever ou à convaincre ses parents. En tout cas, il y avait entre eux une vieille complicité et apparemment quelque dette morale. Mais cela n'aurait pas suffi pour expliquer la suite si par ailleurs le curé n'était, d'après les souvenirs qui en sont restés, ce qu'on appelle un idéaliste qui avait sur les turpitudes et les liens de sa hiérarchie avec les forces politiques pas mal de choses à redire. Il n'était pas banal, ce curé. Je me souviens de lui, à un âge un peu plus avancé.

Il était grand, maigre, la barbe blanche et très longue, si bien que je l'ai toujours involontairement associé à l'image de ce saint Élie qui est sur toutes les icônes du pays, sorte de grand fantôme pâle et hâve, sabrant les infidèles à tour de bras. À cette différence près que le curé de Saint-Georges ne sabrait que par ses prêches où il ne cessait de comparer le Liban à un pays de perdition et les hommes au pouvoir à des adorateurs du veau d'or, le tout devant une vingtaine de fidèles dont une majorité de vieilles femmes. Il n'était pas rare qu'il reçût à cause de ça des convocations à l'évêché. Il enfilait sa soutane, mettait une cape et partait, à pied, grande ombre blanche aux yeux ardents, une main contre sa croix en sautoir qu'il tenait calée sur sa poitrine et l'autre retenant un pan de sa cape. À l'évêché, il s'entretenait en privé avec l'évêque, et les deux hommes, penchés l'un vers l'autre, s'expliquaient en hochant la tête et en lissant leurs longues barbes. Le curé disait sa colère contre son époque, l'évêque soupirait, opinait tristement mais finissait quand même par lui conseiller la prudence. Mais Élie n'en démordait pas. Par respect pour son évêque, il mettait la pédale douce pendant une semaine mais, deux dimanches après, le thème de son prêche était à nouveau le commentaire d'une parabole sur l'avidité, la corruption ou le mélange de la politique et de la religion. Auprès de ses ouailles, ce prêtre est aussi resté célèbre à cause de sa passion pour les bouquets de fleurs qu'il fabriquait lui-même et offrait ensuite à la Vierge à défaut de pouvoir les offrir à sa femme. Il avait des rosiers autour de sa maison et il mêlait des feuilles d'olivier et parfois de petites palmes à ses fleurs et les attachait avec du chanvre. Lorsque Costa venait le voir, empruntant le tramway pour aller jusqu'à Ayn Chir, il s'asseyait sur le petit parvis de l'église et discutait avec le ministre du culte en train de cueillir ses roses. Le curé venait aussi souvent à Marsad pour dîner chez les Rjeili, après quoi l'ancien menuisier le ramenait en voiture. Les deux hommes papotaient, bavardaient et parfois même Costa essayait de tempérer les principes souvent inflexibles du prêtre que les dévoiements de son époque faisaient gronder (« Calme-toi, *ya abouna* » ou bien « Là, tu exagères un peu, *mohtaram* »), même s'il était souvent d'accord avec lui. Et il est probable que c'est en jouant sur cette fibre de l'indignation, en parlant à son tour des injustices du monde et en le prenant par les sentiments que Costa Rjeili réussit à convaincre son compère de l'aider dans son affaire. Et ce qu'il lui demanda, ce que tout le monde allait bientôt apprendre avec stupéfaction, c'est de marier Hamid et la fille de Chakib Khattar. Le curé résista, mais finit par se rallier à son ami, surtout lorsqu'il fut question de l'amour que se portaient les deux jeunes gens et que la politique ou les raisons familiales voulaient empêcher. Pour emporter la décision, Costa lui proposa même de les marier en prétendant qu'il avait été menacé et que lui, Costa, lui avait forcé la main. Mais l'autre protesta, le regard fulminant : « Je n'ai pas besoin de ça, Costa, si je les unis, ce n'est pas pour toi, c'est pour eux. » Sauf qu'il y avait encore un hic, et un gros : Hamid était grecque-catholique et la paroisse grecque-orthodoxe. « *Yalla, abouna*, dit Costa avec désinvolture. Ne nous arrêtons pas à des considérations pareilles, nous sommes tous chrétiens, et puis la jeune fille est orthodoxe. » Or cela ne pouvait se passer aussi simplement, et le curé demanda donc à voir les deux jeunes gens avant leur mariage, pour régler cette petite affaire de rites.

D'après tout ce que j'ai pu réunir comme éléments pour reconstituer ces événements, c'est bien cette visite qui compromit tout. Je ne sais par quel moyen, mais les Khattar l'apprirent et le lendemain, lorsque devant l'église, comme des fugitifs, nous nous réunîmes, les deux amants, Costa et sa femme, une amie de Simone que celle-ci avait contactée pour être son témoin et moi comme témoin de Hamid, les hommes de Khattar nous attendaient. Ce que nous ignorions en entrant dans le sanctuaire désert, c'est qu'une heure plus tôt, Chakib était arrivé et avait frappé à la porte du presbytère. Sa grande taille, son costume trois pièces et son visage sévère stupéfièrent le curé. Chakib demanda humblement à entrer, puis à parler au prêtre dans l'intimité. Il ordonna aux gens qui l'accompagnaient de l'attendre dehors, refusa le café et les petits gâteaux que le ministre du culte lui proposait mais s'assit à ses côtés, sur une chaise, comme pour se confesser, se pencha et le prêtre se pencha lui aussi. Chakib alors parla, longuement, le curé l'écouta sans broncher, en se lissant la barbe et en fronçant les sourcils et, quand son hôte se redressa, il fit de même mais avait sans doute déjà cet air tout retourné qu'il arborait lorsqu'une heure après il entra dans la chapelle qu'il avait ouverte pour nous la veille, déclarant doucement qu'il ne pouvait pas marier les deux jeunes gens. Avant que nous ayons pu protester, les hommes de Chakib faisaient irruption. Le prélat essaya de s'interposer en gesticulant et en implorant (*« Mech bel knissé ! Mech bel knissé ! »*, « Pas dans l'église ! Pas dans l'église ! »), mais les choses allèrent très vite, il y eut une bousculade, Hamid voulut résister et protéger Simone, Costa essaya de tirer son revolver mais sa femme, scandalisée, la voilette glissant de ses cheveux, retint son bras, je fus moi-même poussé et tombai entre deux bancs, me blessant légèrement, et quand je me redressai les hommes étaient repartis en emmenant Simone.

7

Simone était, de tous les enfants de Chakib, et de loin, la préférée de son père. Elle lui ressemblait par le caractère, ferme, décidée, et par l'absence de toute inhibition quand il fallait agir. Lorsqu'elle fut ramenée dans la maison paternelle, Chakib comprit qu'il serait inutile de l'affronter immédiatement, et laissa passer quelques jours où Simone demeura cloîtrée dans sa chambre, comme une étrangère dans le décor de sa vie quotidienne. Elle refusait d'en sortir et ne mangeait pas. Les bonnes et sa gouvernante Wadi'a murmuraient, le personnel et même les voisins qui suivaient les choses minute par minute n'étaient pas d'accord avec les méthodes du maître. On avait de la sympathie pour Hamid et si on pouvait comprendre les réticences de classe de Chakib, on n'allait pas jusqu'à admettre une affaire comme ça, et dans une église de surcroît. Bref, de tout cela on parlait à voix basse et on avait les yeux rivés sur la chambre de Simone. Wadi'a parfois allait y frapper doucement, mais ne recevait pas de réponse. Elle s'en inquiétait sans cesse, elle en parlait à Évelyne qui prenait la défense de son mari (« Ton maître sait ce qu'il fait, Wadi'a, ne te mêle pas de tout ça ») mais qui n'en dormait pas la nuit. Le surlendemain, elle demanda à Chakib s'il allait laisser Simone dans cet état, mais il lui répondit par un marmonnement : « Je sais ce que je fais, ne prends pas parti contre moi. » Elle allait elle aussi fréquemment à la porte de Simone, essayait d'entrer, mais en vain. Et puis finalement, le matin du quatrième jour, Chakib lui-même alla frapper, exigeant que Simone lui ouvre. Simone finit par céder et il entra, couvé par le regard et les chuchotements des bonnes, de Wadi'a, des chauffeurs et des jardiniers, qui rapportèrent le fait à Évelyne.

Sur leur conversation dans la chambre, nul ne sut jamais rien, mais Simone, plus tard, m'en a plus ou moins dit l'essentiel. Chakib tout d'abord s'assit près de sa fille, sur le bord de son lit. Elle l'ignora, elle avait un regard où brillait la tempête et dans lequel il reconnut l'image de ses propres colères. Il resta un moment silencieux, puis posa sa main sur la sienne, mais elle la retira, enserrant ses genoux de ses bras. Au bout d'un long moment de silence, il lui dit les choses convenues, qu'il regrettait d'en être arrivé là, d'avoir été obligé de s'y prendre ainsi, mais qu'elle lui avait désobéi. Il se tut à nouveau puis reprit en disant qu'il n'aurait pu, quelles que fussent les raisons, accepter ce mariage. Devant l'obstination de Simone qui continuait à l'ignorer, ce à quoi il n'était pas habitué de la part de quiconque, il s'interrompit encore puis poursuivit, considérant le profil superbe de sa fille, ses cheveux en désordre, son nez grec et son grand œil sombre. Il dit qu'il fallait qu'elle le croie, qu'il n'avait rien contre ce garçon, au contraire, il valait plus que bien des imbéciles qui étaient venus demander sa main. Simone pour la première fois se tourna vers lui et leurs regards se croisèrent. Ils étaient si proches que Chakib eut peur de la violence farouche qu'il y avait dans celui de sa fille. Simone s'en aperçut, elle se détourna puis, les yeux humides, elle regarda son père et demanda pourquoi, si Hamid était tel qu'il le disait, ne pas l'accepter comme gendre. « C'est impossible, répondit Chakib, c'est impossible, il ne faut plus y songer », et il ajouta qu'il aimerait désormais qu'on lui obéisse, qu'il y a des choses que les enfants doivent ignorer. Puis il dit à sa fille qu'elle pourrait épouser qui elle voulait, n'importe qui quand elle le jugerait bon. « Noula Tamer, par exemple », ironisa-t-elle en faisant allusion à l'homme qu'on lui destinait depuis des années, mais Chakib affirma qu'il la libérait des promesses faites aux Tamer. « Ne parlons plus de cet idiot », ajouta-t-il, en déclarant qu'il lui faisait confiance, elle était libre, mais à condition qu'elle ne songeât plus à Hamid. Simone sortit alors de sa réserve, regarda son père fixement, avec une sorte de froid mépris.

– Mais enfin qu'est-ce qu'il a de moins que les autres, Hamid ? demanda-t-elle. Tu l'as fait venir, tu l'as fait habiter chez nous, tu l'as élevé et traité comme ton fils, et maintenant il ne vaut plus rien.

Lorsqu'elle se tut, elle s'aperçut que son père s'était raidi et l'observait avec distance.

– Qu'est-ce que j'ai dit que tu ne supportes pas ? reprit-elle, vraiment en colère cette fois. Que ce garçon était comme ton fils, c'est ça ? Est-ce si grave, si salissant ?

– Arrête, Simone, dit son père en retrouvant son calme, ne dis pas de bêtises.

– Alors, pourquoi ? reprit-elle.

– Parce que s'il était *comme* mon fils, je t'aurais laissée l'épouser, répondit Chakib froidement.

Et en disant cela, me raconta Simone, il avait si fortement insisté sur le mot « comme », il l'avait si parfaitement fait saillir au cœur de sa phrase pour indiquer la possibilité même de son ablation qu'elle eut un petit sursaut et regarda son père qui venait de se lever. Chakib avait un air lointain et accablé, qu'elle ne lui connaissait pas.

– Tu veux me laisser croire que Hamid est ton fils ? répliqua-t-elle avec une ironie forcée, les mots sortant d'elle avec autant de difficulté que s'ils se heurtaient à un mur.

Chakib ne réagit pas, ne nia rien, mais n'acquiesça pas non plus. Sans regarder sa fille, il se contenta de marmonner quelque chose d'incompréhensible puis ajouta avant de sortir :

– Il ne faut plus jamais prononcer ces mots, Simone, jamais. Personne ne doit plus les entendre.

D'après le récit qu'elle m'en fit, Chakib ne dit donc pas clairement les choses à sa fille, il les laissa dans un tel flou que Simone refusa toujours de croire en cette histoire, la mettant, sans se le formuler aussi clairement, sur le compte d'une affabulation de son père destinée à l'éloigner à jamais de Hamid, car il savait parfaitement que Simone était capable de s'enfuir de nouveau avec son amant. Pourtant cette certitude, qui sans doute se fit en elle un peu trop brutalement et qui devait être surtout un formidable mécanisme de défense, n'empêcha pas la jeune fille de demeurer encore plusieurs jours cloîtrée, incapable de réagir, échafaudant des plans de vengeance contre sa famille et le monde entier, attendant un signe de Hamid que ce dernier ne pouvait lui faire parvenir. La possible victoire de son père sur elle, qui résidait moins dans le fait de l'avoir ramenée de force que dans celui d'avoir en son esprit semé un doute terrible, la mettait dans une colère inouïe. À plusieurs reprises, Chakib tenta de revenir auprès d'elle, mais elle refusa de le recevoir, et finalement, au bout de trois jours, elle se prépara, se fit apporter des vêtements, un petit déjeuner et, avant que quiconque pût en rendre compte à Chakib ou à sa femme, elle sortit. On crut qu'elle allait chez une de ses amies, ou chez une de ses cousines, mais Évelyne appela quand même son mari, et celui-ci, après un moment d'hésitation, déclara qu'il ne fallait pas s'en faire. Le soir, avant le dîner, un certain émoi s'empara de la maison, on songea à une nouvelle fugue de Simone, mais Chakib, de retour de l'usine, n'avait pas l'air inquiet, et quand sa femme le lui reprocha, il déclara à nouveau qu'il ne fallait pas s'en faire. « Et tu sais où elle est ? » demanda Évelyne. « À Kfar Issa, répondit le notable sans ciller. J'ai envoyé Brahim s'en assurer. » C'était un de ses hommes de confiance, il était parti en début d'après-midi et fut de retour après le dîner, confirmant l'intuition de son maître.

Chakib avait bien deviné les intentions de Simone, dont l'obsession désormais était de pouvoir parler avec Lamia Ziédé, la mère de Hamid. Elle la connaissait bien, Lamia. La femme d'Abdallah faisait partie de son enfance et de ses étés à Kfar Issa, et même si elle ne l'avait plus vue depuis qu'elle s'était liée à Hamid, elle gardait des souvenirs précis de sa réserve hautaine, de son corps sinueux que les invités des Khattar lors des journées champêtres observaient avec envie. Elle avait aussi d'elle quelques images fulgurantes, circulant au milieu du linge étendu sur le toit de la villa ou debout parmi les meubles, pieds nus, les cheveux noués et lançant de grands seaux d'eau pour rafraîchir et nettoyer ensuite à la serpillière. L'image des pieds nus sur la serpillière ou celle de Lamia à genoux devant les bassines fumantes et savonneuses de la lessive lui donnaient un peu le vertige. Elle se demandait comment son père, ce notable hautain et sourcilleux, avait pu avoir une liaison avec une servante, ou comment il avait pu inventer un mensonge le mettant en scène avec elle. Depuis la mort d'Abdallah trois ans auparavant (il revenait de Zahlé la nuit et sa voiture avait été percutée par un camion qui allait trop vite, mais comme il avait beaucoup d'ennemis et s'était disputé la veille avec les membres d'un clan de Baalbek, on prétendit qu'il ne s'agissait pas d'un accident), Lamia avait obtenu de continuer à habiter la propriété. Elle avait laissé le logis du régisseur et occupait trois chambres derrière la maison, subsistant grâce aux mensualités que les Khattar lui versaient. La grande villa était restée son domaine et il lui arrivait de l'ouvrir pour sa famille, ses alliés ou quand elle avait plus de monde que sa modeste demeure ne pouvait accueillir. Elle ne vivait que dans la pensée de ce que Hamid deviendrait, ses études, son travail, son salaire dont il lui envoyait une part qu'elle mettait de côté pour lui. Et ce que Simone et nombre de témoins de cette époque ignoraient, c'est que Lamia était venue voir Chakib Khattar à Beyrouth, quelques jours après l'enlèvement. Elle s'était rendue à l'usine, selon ce que raconta l'un des contremaîtres. On l'avait introduite dans le bureau de Chakib et je ne sais si elle y était venue auparavant, si elle savait que la chaise vide en face de la table du patron était celle de son fils, si elle regarda les documents fermés, les dossiers empilés. On était à la veille de l'assaut contre l'église d'Ayn Chir et Chakib bouillonnait. Il devait bien se douter qu'elle lui rendrait visite, et qu'elle aurait cette tête des mauvais jours, une robe sombre, sans parures, ni boucles d'oreilles, ni bracelets, rien que ses yeux agrandis par la colère et l'incompréhension, tumultueux et noirs. L'air démonté, redoutable, elle avait probablement reproché au notable son imprévoyance (« Tu n'aurais pas dû insister pour mettre ces enfants ensemble, dès le début ») aussi bien que ses méthodes (« Il fallait empêcher qu'ils aillent plus loin, bien sûr, mais ce n'est pas une raison pour agir ainsi avec Hamid. Même à un étranger, tu n'aurais pas fait subir un traitement pareil ! »). De cette scène, nul ne saura rien dans le détail, pas même Simone qui arriva donc ce jour-là à Kfar Issa, comme le pensait son père, pour voir Lamia. Lorsque le taxi la déposa devant la villa après avoir franchi le portail latéral, elle salua de loin des travailleurs agricoles sortis de sous les arbres et les enfants du nouveau régisseur accourus au bruit du moteur de l'automobile, puis se dirigea vers le logement de Lamia. La porte était ouverte, Simone entendit du bruit, elle frappa contre une vitre et fit un pas à l'intérieur. Ses vêtements de ville, son sac, ses escarpins à talons, tout faisait tache dans ce décor austère constitué de vieux canapés, de chaises cannées et de bassines. Bientôt Lamia parut. Elle portait une robe colorée et noua ses cheveux à la va-vite en apercevant Simone. Ce geste dissimula un bref instant sans doute son émotion. Elle était dure, Lamia, elle avait perdu son insouciance de jeunesse, elle avait une allure de déesse sombre et splendide, le visage pur de toute ride malgré ses cinquante-cinq ans et sa vie de paysanne. Elle s'approcha de Simone comme si elle s'attendait à sa visite, la prit dans ses bras sans pathos et lui offrit de s'asseoir dans un petit fauteuil qui était de sa maison le siège le plus confortable. Simone s'assit. Lamia lui proposa du café, Simone réclama juste de l'eau, Lamia la servit en déclarant qu'elle ignorait tout de la relation entre la fille du notable et son propre fils.

– Hamid ne vous en a jamais parlé, Lamia ?

– Non, jamais, répondit Lamia en s'asseyant à son tour, en face de Simone.

– Vous avez l'air de désapprouver tout cela, constata Simone en frémissant.

– Je crois que chacun doit rester à sa place, dit Lamia d'un ton désolé et un peu amer.

– Hamid est un homme exceptionnel, *ya* Lamia, sa place est ailleurs que là où vous croyez.

Lamia ne répondit pas tout de suite.

– Les choses ont pris leur tour naturel, dit-elle enfin, ce qui est arrivé était prévisible, je regrette que vous en ayez souffert. Mais Hamid aurait dû être plus raisonnable, ou venir m'en parler.

Simone se débattait intérieurement, son cœur bouillait, son souffle était court, elle ne voulait pas montrer son émotion mais sentait qu'elle touchait au but.

– Vous lui auriez déconseillé de m'épouser ? demanda-t-elle.

En guise de réponse, Lamia se leva pour remplir un autre verre d'eau et Simone estima que c'était à nouveau pour ne pas laisser transparaître l'émotion qui la submergeait. À son retour, elle ne parla pas, regardant Simone d'un air compréhensif et doux. Simone n'osa aller plus loin. Elle s'aperçut une fois de plus du piège où son père l'avait mise, et qu'elle n'oserait jamais poser à Lamia la question fatidique, en tout cas pas directement, et que de toute façon Lamia ne pourrait de son côté lui livrer la vérité telle quelle, c'était impensable pour elle, pour son honneur et pour le statut de son fils Hamid.

– En tout cas, dit soudain Lamia, Hamid n'est pas là, je ne l'ai pas vu depuis l'enlèvement et la bagarre.

– Je ne suis pas venue pour le voir, répondit doucement Simone, en reposant le verre à nouveau vide.

Lamia attendit la suite sans commenter.

– Je suis venue vous voir, vous, pour savoir si vous désapprouviez notre mariage, vous aussi, autant que mon père.

Lamia demeura silencieuse, le regard dans le vague. Elle faillit esquiver encore la réponse, ce qui était aux yeux de Simone un terrible aveu, mais elle finit par déclarer que ce qui était fait était fait, et qu'il fallait désormais passer à autre chose.

Après cet échange et le silence qui lui succéda, Lamia se leva en annonçant à Simone qu'elle allait préparer la maison pour la recevoir. Elle envoya chercher le régisseur, lui donna des consignes pour faire redémarrer la pompe, brancher le groupe électrogène, puis elle devança Simone et lui ouvrit la villa. Simone dormit paisiblement cette nuit-là, comme si d'être ainsi sur les lieux où avait grandi Hamid, à l'endroit qui plus que tous les autres la mettait en communication abstraite avec lui, lui avait rendu une sorte de sérénité. Elle s'éveilla tard, sortit dans la lumière immense du jour, presque avec émotion. Lamia lui apporta son petit déjeuner, elle se lava, s'habilla et s'installa sur la terrasse. Le régisseur vint la saluer, elle alla avec lui dans la journée voir les chevaux, retrouva son vieux Nar qu'elle n'avait plus monté depuis cinq ou six ans et l'enfourcha pour galoper à travers les terres ancestrales. Elle ne donna aucune nouvelle à ses parents ce jour-là, se contentant de les laisser avec celles qu'avait rapportées Brahim, l'homme de confiance de son père, arrivé quelques heures après elle le premier jour et qu'elle avait renvoyé en lui disant de ne pas s'en faire, et que nul ne s'en fasse non plus à Marsad. Mais vers midi Chakib était là, il vint dans sa grande berline, et tout le train du domaine fut mis en branle. Il reçut le régisseur, écouta quelques doléances et les nouvelles puis demanda qu'on le laisse tranquille. Il s'assit avec sa fille sur la terrasse, dit qu'on s'était inquiété pour elle. Simone ne répondit rien. Il lui demanda comment elle se sentait, si elle allait mieux, et Simone marmonna que oui, elle allait très bien. Il lui demanda si elle souhaitait rentrer avec lui, mais elle dit qu'elle désirait rester encore quelques jours à Kfar Issa, qu'elle en avait besoin, pour se remettre un peu. Dans le regard de Chakib passa l'ombre d'une inquiétude, il pensa peut-être à Hamid puis il songea que les révélations faites à sa fille empêcheraient cette dernière de récidiver. Il déclara qu'il lui enverrait ce dont elle avait besoin, et aussi Brahim ou Mitri Hasbani pour veiller sur elle. Elle déclara qu'elle voulait rester seule. Chakib repartit bientôt, mais auparavant, il alla voir Lamia. Cette dernière le reçut sans un mot, elle le laissa entrer, puis s'asseoir, et continua de vaquer comme s'il n'était pas là, allant de la cuisine à la pièce principale, portant des assiettes et des plats qu'elle posait sur la table entre eux, comme si elle préparait le repas pour deux, ce qui était sans doute le cas. Chakib finalement lui demanda si elle savait où était son fils. Elle dit que non. Devant sa raideur, il se leva et la suivit à la cuisine, s'arrêta devant la porte, s'accouda au chambranle. « Il ne faut plus que nos enfants se voient, dit-il. Je compte sur toi pour raisonner Hamid. » Lamia resta de marbre, repartit, revint en passant devant lui et en l'écartant de son chemin. En posant des gobelets, elle répliqua froidement, mais sans empêcher l'ironie de grincer dans ses mots :

– Tu n'avais qu'à lui expliquer les choses, au lieu

de le laisser aller si loin et de le traiter ensuite comme tu l'as fait.

– Que voulais-tu que je lui dise ? Est-ce que c'est une chose que l'on dit aux enfants ?

– Pourquoi l'as-tu pris chez toi, alors ? Tu as rendu service à ton vieux métayer en lui offrant un descendant. Puis tu as fait comme si tu reprenais tes droits sur ce garçon. Tu n'avais qu'à assumer tes décisions et tes actes, et tout ce qu'ils impliquaient.

Lamia parlait sans cesser de passer devant Chakib, une fois, deux fois, puis elle s'assit à table et dit :

– Tu peux manger si tu veux.

Chakib s'assit à son tour sans toucher à son assiette.

– Le destin de cet enfant brillant m'importait, dit-il seulement.

– Au début peut-être, répondit Lamia en le regardant pour la première fois droit dans les yeux, de son regard d'acier. Mais après, c'est ton propre intérêt qui a primé. Sinon pourquoi ne l'as-tu pas laissé faire ses études et revenir ici, comme promis ?

– Tu sais bien que travailler avec moi était plus intéressant pour son avenir.

– Arrête de me parler de son avenir. Il n'y a que le tien qui t'importe. Dès l'instant où tu as compris que ton fils aîné était un incapable et tes gendres des imbéciles, tu as regardé du côté de Hamid. Favoriser un enfant issu de ta chair était la dernière option qui te restait.

– Tu me reproches donc de l'avoir considéré comme mon fils ?

À ces mots, Lamia se redressa et, en regardant Chakib de son air fulminant, superbe, tragique, haussa le ton.

– Si tu l'avais considéré comme ton fils, tu ne

l'aurais pas traité comme tu l'as fait. Tu ne l'aurais pas chassé de cette manière.

Chakib, heureux d'avoir réussi à provoquer la veuve de son régisseur qu'il ne pouvait s'empêcher de continuer à admirer, comme il admirait son corps ferme, élancé et son regard farouche, se redressa lui aussi.

– Ton fils m'a désobéi, Lamia. J'étais prêt à tout lui donner, à tout mettre entre ses mains, mais il m'a désobéi. Et puis il m'a défié en allant se réfugier chez les ennemis des Khattar. Comment devais-je réagir ? Dis-moi. Comment après ça pouvoir continuer avec lui ? Comment faire désormais ?

À ces mots Lamia eut un sourire amer, ou peut-être amusé, ou fier.

– Il n'y a plus rien à faire, et même si c'était seulement envisageable, c'est moi qui interdirais à Hamid d'accepter, tu entends ? Et maintenant, va te débrouiller avec tes propres enfants. Ceux qui portent ton nom. Et voyons ce qui va arriver.

– Tu espères sans doute que cela se passera mal ?

– Je n'espère rien. Je vais seulement assister à ta juste déconfiture et à celle de tes enfants.

8

Durant les années qui suivirent, nous fûmes tous pleins d'espoir à l'idée cruelle que Simone était de nouveau libre, car nous étions tous encore amoureux d'elle, et dans l'ignorance de ce qui s'était réellement passé. Mais Simone ne s'intéressa plus à aucun d'entre nous, les membres de son ancien groupe d'amis, comme si nous fréquenter désormais, nous qui avions été très proches de Hamid, la ramenait à nouveau trop près du cercle brûlant de l'inceste. Ce qui explique aussi qu'elle chercha désormais ses liaisons dans les milieux qui étaient les plus éloignés d'elle, et ses parents ne purent rien y faire. Après son enlèvement raté, elle se libéra dans les bras d'amants de passage, presque toujours des étrangers, comme cet ingénieur italien venu aider les Khattar à installer des scies d'un modèle nouveau et qui s'éprit si follement d'elle qu'il se mit à inventer des excuses pour revenir au Liban, puis dépensa une fortune pour faire ce qu'il appelait des « sauts » de Carrare à Beyrouth toutes les semaines. Il expédiait dix télégrammes par jour qui arrivaient à l'usine, ou même à la maison, et chaque fois que l'on sonnait en cours de journée à cette époque chez les Khattar, les bonnes s'écriaient : « Télégramme d'Italie ! » avant même d'aller ouvrir, ce qui leur valut de sévères mises en garde de la part de Wadi'a qui veillait avec inquiétude à la réputation de Simone. Et tout cela n'était rien à côté de ce que tenta par désespoir ce diplomate chilien que Simone connut ensuite. Quelques mois après le début de leur relation et quand apparemment cette dernière se fut distendue, on le trouva un matin, couché devant la porte des Khattar, comme un chien fidèle ou comme le mamelouk Roustan, attendant le retour de Simone. On s'étonnait de la tolérance de Chakib, sans se douter que le sévère notable ne pouvait plus rien exiger de sa fille. Quelque temps plus tard, Simone partit avec un aventurier anglais, un ingénieur agronome d'extraction aristocratique, rêveur et très riche, avec qui elle pressentait qu'elle pourrait vivre des histoires aventureuses et qui à cette époque voulait aider des propriétaires terriens irakiens à déménager leurs plantations de palmiers en Arabie pour fuir les nationalisations. On racontait partout que c'était un agent secret. Les Khattar voulurent l'avoir à dîner pour forcer Simone à officialiser la relation, à défaut de pouvoir l'empêcher. Mais il ne vint jamais, parce que Simone ne lui transmit aucune de leurs invitations. Lorsque sa fille annonça brutalement son départ, Évelyne pleura devant l'absence de réaction de son époux et Chakib revint alors à plus de fermeté en exigeant que Simone régularise sa situation avant de partir. Cette dernière n'obéit pas et ne se maria finalement que sur un coup de tête, en épousant son aristocratique amant un jour, au hasard d'une visite qu'ils faisaient tous les deux en Iran, comme elle me le raconta plus tard. Ils s'unirent dans une église chaldéenne perdue dans la vieille ville d'Ispahan. Elle reçut le sacrement, une voilette sur les cheveux, de la part d'un curé qui disait l'office dans une langue qu'aucun d'eux ne comprenait, au milieu de témoins glanés dans les vieux marchés. Lorsqu'ils l'apprirent, les Khattar diffusèrent l'information qui, si elle ne les ravissait pas, levait néanmoins la honte sur leur nom. Ils ajoutèrent même, pour donner du lustre à la nouvelle, que le mariage avait eu lieu à Londres. Et afin de rendre la chose plus crédible, Évelyne racontait que cela s'était fait « en petit comité », se gargarisant de cette expression qui agaçait suprêmement son mari. Mais Chakib la laissa dire, voyant bien que cela consolait Évelyne de sa peine à l'idée que sa fille portait désormais un nom où s'entassaient certes les collines et les halliers, mais qui à ses yeux comme aux siens demeurait opaque, indéchiffrable et sans aucune valeur mondaine dans les salons de la ville.

Durant ces mêmes années, nous apprîmes aussi que Hamid était allé travailler en Arabie, et qu'il commençait à prospérer grâce à son amitié avec des parfumeurs français en compagnie desquels il avait mis sur pied un commerce d'eau de lavande. Son négoce rencontrait un succès fulgurant dans une région où cette essence de fleur était inconnue. À Marsad, il arrivait que l'on parlât de sa réussite à mots couverts et nul ne put savoir jusqu'à quel point Chakib Khattar en eut vent, jusqu'à quel point cela l'interpellait, ni surtout si le notable mesura ou déplora la perte qu'il s'était infligée en rejetant ce garçon. Il n'était pas du genre à avoir des états d'âme et l'inflexibilité de ses principes était telle que les fautes de son ancien bras droit durent lui sembler bien plus inexpiables que sa propre et originelle responsabilité dans tout ce qui était advenu. Après ces événements, il ne fut plus secondé à l'usine que par son fils Michel. Mais ce dernier continuait à mener cette vie délurée qui mettait son père hors de lui et faillit jeter les clans orthodoxes de Beyrouth dans une lutte fratricide. J'étais resté proche du frère de Simone et je fus de ses frasques un témoin privilégié, assistant aux situations calamiteuses dans lesquelles il se mettait sans cesse, comme avec délectation. Il faillit un jour compromettre une de ses potentielles fiancées en pénétrant chez elle, c'est-à-dire chez ses parents, en pleine nuit, après lui avoir fait parvenir un billet et avoir escaladé un mur puis être passé par des terrasses et des toits, faisant surveiller la rue par des sbires à lui. Mais en arrivant sur le balcon de la chambre de la belle, et après avoir frappé contre la vitre, il comprit son erreur et eut juste le temps de se dissimuler derrière une gouttière avant de voir la mère de sa maîtresse faire un pas dehors, en chemise de nuit, demandant, paniquée, s'il y avait quelqu'un. Une autre fois, alors qu'il avait vraisemblablement eu des ébats nocturnes et clandestins avec la fille d'un antiquaire dans le magasin même du père de celle-ci, sous des angelots de pierre, devant des Vénus peintes sur des fragments de murs et en face d'un miroir baroque au somptueux cadre doré qui reflétait les corps nus des amants, Michel eut l'idée de faire acheter ce miroir qu'il voulut installer dans la grande salle à manger de la maison Khattar. Il me raconta ensuite en riant que là où les convives des soirées de ses parents ne verraient que leur image en train de se servir de mouton farci ou de *molokhia*, il verrait, lui, le corps de sa maîtresse se trémoussant de plaisir. Son insistance et son imprudence à répéter cette anecdote qu'il trouvait poétique amenèrent bientôt la rupture avec la jeune femme, une rupture bruyante et qui ne fut pas la dernière. Mon camarade avait d'ailleurs pris l'habitude de faire comparaître devant nous chacune de ses conquêtes, sans souci de ce que nous pouvions penser de ses infidélités, des précédents serments faits à chacune devant nous, des démonstrations d'amour, des volontaires humiliations que parfois il subissait de leur part avec délectation. Michel ressortait de ces ruptures presque indifférent et tout recommençait ensuite avec une autre. Et nous crûmes qu'il en serait encore ainsi lorsqu'il nous présenta Marie Yammine, une femme fort jolie mais pas nécessairement la plus séduisante à mes yeux de ses conquêtes. Marie était pourtant ce que l'on commençait à appeler en ce temps-là une pin-up. Elle avait un corps superbe et ondoyant, et des manières de félin, elle savait être douce comme le velours et soudain sortait ses griffes. Elle réussit à se faire apprécier par la plupart d'entre nous en riant de nos blagues et en flattant nos lubies avec une adresse inouïe. Il devint bientôt évident qu'elle nous faisait la cour pour que jamais aucun d'entre nous ne pût faire douter Michel de l'amour qu'elle avait pour lui. Marie venait d'une famille modeste, elle était la fille d'un fonctionnaire des postes et sans doute que, dans le temps même où elle courtisait Michel, elle tentait d'apprivoiser le milieu de ce dernier dont elle craignait le snobisme et les préjugés à son égard. Elle était pourtant d'un vieux nom, mais dont ne subsistaient plus que le souvenir lointain lié aux temps du mandat ainsi qu'une villa décrépite à Zqaq el-Blat, où elle était née et avait grandi. Pour le reste, elle ne pouvait se prévaloir que d'une éducation stricte dont elle tentait de s'émanciper dans les bras de Michel et en nous accompagnant sans rien en dire à ses parents à la Cave des rois ou au Scotch Club, disparaissant même avec son amant des journées entières. Marie fut la liaison la plus durable de Michel, on en riait avec lui en aparté, mais au moment où il commença à prendre la mouche en entendant nos allusions, nous comprîmes que cette fois la chose était différente. Il fut bientôt question de mariage. Quand Michel annonça ses intentions aux Khattar, ce fut évidemment le branle-bas de combat. Chakib convoqua son fils dans son bureau, tous les alliés du clan, les Nassar, les Hayek, les Sabbagh et toutes leurs matrones furent sur les dents, les grandes maisons qui s'attendaient de la part des Khattar et avec ce mariage à un élargissement de leurs alliances avec le reste de la classe marchande chrétienne de Beyrouth s'offusquèrent, et s'offusquèrent tant que même Chakib se vexa. On n'osa plus en parler devant lui, on ne savait si l'air désagréable et blessant qu'il avait en société venait de ce que commettait son fils ou de ce que l'on disait de sa propre faiblesse à l'égard de ce dernier, et c'est vers cette époque qu'eut lieu la fameuse anecdote avec la mère supérieure du collège où étaient inscrites les filles Khattar et que j'ai eu l'occasion d'évoquer.

Après l'affaire de Simone, Chakib voulut éviter un nouveau scandale. Lorsqu'il rencontra l'amante de son fils, il convint que la jeune femme, qu'il trouva très belle, savait de surcroît ce qu'elle voulait, et c'était à peu près la même chose que lui, c'est-à-dire assagir Michel et lui faire enfin songer à sa descendance. Afin d'embêter ses propres sœurs et les familles alliées dont il estimait qu'elles se mêlaient de ce qui ne les regardait pas, il donna son accord au mariage. À partir de ce moment, Marie eut un grand succès dans les soirées mondaines des Khattar et de leurs amis et dans les fêtes plus officielles où son mari l'emmenait. Elle devint bientôt une des reines des nuits beyrouthines, au point qu'un soir, chez ses beaux-parents, le futur président Frangié lui aurait fait un compliment à l'oreille dont, par coquetterie ou goût du jeu, elle ne révéla jamais la teneur. Elle sortait coiffée de chapeaux singuliers de sous lesquels vous regardaient ses grands yeux malicieux qu'elle relevait de traits de khôl appuyés. Michel lui acheta une automobile décapotable qu'elle conduisait en se cachant derrière de grandes lunettes de soleil. Les lèvres fruitées et les tailleurs serrés, elle allait sur des talons qui la faisaient danser comme un serpent au bout d'un bâton et augmentaient la belle cambrure de son buste et de ses reins. Mais tout cela, ces fins tailleurs, cette taille délicieuse qui plaisait follement aux convives des soirées mondaines, aux courtisans des Khattar qui l'adulaient et aux politiciens libanais qui dînaient chez ses beaux-parents, tout cela faisait jaser les proches, les bourgeoises de chez les Nassar, les Hayek et les Sabbagh, mais aussi les gouvernantes, les servantes, les jardiniers, et finit par inquiéter aussi Chakib et sa femme, car ce corps qui ne s'alourdissait pas, qui ne s'alanguissait pas, ce ventre qui ne s'arrondissait pas finit par devenir le sujet d'une unique, véritable et incessante préoccupation.

Au début, les deux époux haussèrent les épaules face à l'inquiétude ou à la joie sournoise qui brillaient dans les yeux de leur entourage. Mais celui qui ne riait pas, c'était Chakib Khattar qui, cent mille fois au cours des deux années qui suivirent, pensa à Lamia, à Abdallah Chahine et à ces histoires de ventres infertiles. Il se mit à faire des remarques à son fils quand il le voyait à l'usine, l'unique endroit où il avait l'occasion de se trouver seul avec lui. Michel fit d'abord la sourde oreille, puis s'emporta et finit par déclarer que si on parlait encore de cela devant lui, il ne paraîtrait plus aux réunions de famille ni à l'usine. Mais à la vérité il se faisait du souci, il avait beau être un grand fanfaron, il ne se projetait dans l'avenir que selon le schéma des hommes de sa caste, et ce schéma lui dictait de s'imaginer à la tête d'une famille. Bien qu'il n'y fît rien et faillît même contribuer à sa ruine, il estimait que l'usine familiale et les affaires qu'elle générait étaient un patrimoine qu'il devrait un jour transmettre. L'idée de ne pas avoir de descendance le tourmentait de plus en plus. Mais son amour était violent et il souffrit. Il fit tout d'abord mine d'avoir confiance, puis voulut retarder le moment de regarder la vérité en face et cela donna de très risibles délayages de temps. Il voulut se rendre en Europe consulter d'éminents spécialistes, puis, sur l'insistance de sa femme, il accepta d'aller en pèlerinage à Sainte-Marie de Nourriyyé. Elle alluma sans doute des cierges, la tête couverte d'une voilette noire, et se mit à genoux devant l'autel dans la chapelle vide et lui, resté en arrière, dut se demander si elle savait prier. Une autre fois, ils allèrent en automobile à Afqa, aux sources du fleuve d'Adonis, puis firent le reste du chemin à dos d'âne, longeant en les remontant les gorges du torrent jusqu'à sa source autrefois sacrée. De là ils se rendirent aux vestiges de l'antique temple de Vénus où les femmes stériles suspendaient depuis deux mille ans des mouchoirs à un vieux figuier, et elle accrocha le sien qui portait les initiales de son père, tandis qu'il la retenait par la taille parce que le figuier était au milieu d'un dangereux amoncellement de ruines. Après quoi ce fut la période des déchirements, sa taille demeurait désespérément longiligne et, si ses formes ne s'arrondissaient pas, en revanche ses yeux se creusaient d'avoir pleuré. Elle avait beau les maquiller, ceux qui regardaient son ventre finissaient par lever la tête et par comprendre à son visage qu'elle n'allait pas bien. Lui non plus n'allait pas bien d'ailleurs, et finalement il prit la décision que l'on attendait de lui mais que l'on n'osait évoquer de peur de le voir par défi et colère y renoncer. Chakib Khattar étant ami de l'évêque, pas celui de l'épisode du cigare mais son successeur, il obtint que ce dernier désunisse son fils de sa bru, comme il avait obtenu qu'il les marie. « Je les ai mariés en si grande pompe à ta demande, lui dit le prélat, que cela va paraître incompréhensible, mais tes arguments sont recevables », et il donna son accord pour annuler ce qu'il avait scellé quatre ans auparavant. Un mois plus tard, les Khattar firent savoir, comme on procède à un appel d'offres, que Michel était prêt à se remarier pour fonder une famille. Six mois après, mon vieux camarade épousait une fille Rayyès, qui lui apportait en dot des commerces et des biens fonciers. Je crois qu'en son for intérieur Chakib préférait Marie, il n'aimait pas les Rayyès ni les familles orthodoxes d'Achrafieh qui regardaient leurs coreligionnaires de Marsad et Msaytbeh comme on regarde des provinciaux ou des descendants de paysans. « Voilà, tu dois être contente, nous sommes maintenant alliés à des familles du mont Palatin », disait-il à sa femme en ironisant et en faisant allusion à la demeure des Rayyès qui était bâtie sous les pins de la colline d'Achrafieh. Mais Évelyne n'en avait cure, elle était heureuse. Le clan Khattar et ses alliés soufflèrent, mais cela ne dura pas car le nouveau couple eut le même problème que le précédent. On patienta un an, puis encore un an. Michel déclarait en riant que si sa femme lui en donnait l'occasion, il lui ferait un enfant sans problème, et on raconta plus tard que sa deuxième épouse avait eu une telle peur lors de sa nuit de noces qu'il lui fallait chaque fois des jours et des jours pour se préparer à recevoir à nouveau son mari dans son lit. Elle le recevait néanmoins, parce qu'il le fallait bien, mais rien n'y fit, il n'y eut pas d'héritier et, finalement, on cessa de rire à la blague de Michel et on lui fit clairement comprendre que le problème venait probablement de lui. Chakib rêva pour la première fois de Lamia en vestale ou en Cassandre, le souvenir de la femme du régisseur le hantait. Et le pire, c'est que quelque temps après son second mariage, incapable de renoncer à son amour pour Marie, Michel recommença à fréquenter sa première femme. Ils se retrouvaient tous les deux en cachette dans la maison qui avait été la leur, à Achrafieh, et qu'il avait laissée à Marie après leur séparation. Ils passaient de longs après-midi dans une clandestinité qui avait aussi un goût de secrète provocation, volets fermés, rideaux tirés, dans le décor demeuré intact de leur vie conjugale défunte et qu'ils ressuscitèrent de plus en plus fréquemment. Or, délivrée sans doute de l'impérieuse et harassante pression d'avoir à donner un enfant, mais aussi de toute nécessité de prendre des précautions à cause de sa stérilité supposée, la femme répudiée redevenue l'amante de son ancien mari découvrit au bout d'un certain temps qu'elle n'était pas si inféconde que cela et tomba enceinte.

Bien entendu, les deux anciens époux auraient dû se taire et essayer d'interrompre la grossesse. Au contraire, ils l'annoncèrent fièrement partout. Elle parce que c'était sa revanche sur sa rivale, sur toute la société de son ancien mari et sur l'annulation de son mariage, lui parce que c'était la preuve de sa virilité. Mais le scandale fut énorme, d'autant que Michel en rajouta, affirmant qu'il souhaitait épouser à nouveau Marie. Face à ce qui ressemblait à des frasques et que dans les salons on associait volontiers au début de la décadence des Khattar (une telle fantaisie matrimoniale ne pouvant qu'annoncer des fantaisies dans les affaires et donc la dilapidation de la fortune ancestrale et sa ruine), Chakib hésita, opposa la redoutable force de sa mauvaise humeur et s'assombrit. Mais en fait, tout cela faisait son affaire. À tel point que lorsqu'il apprit que les parents de Marie, choqués des agissements de leur fille, la boudaient en la sommant d'interrompre sa grossesse et semblaient prêts à se ruiner pour l'y aider et sauver leur honneur, il se rendit discrètement chez eux, dans la montée de Zqaq el-Blat. Assis dans le salon encombré de meubles vénérables mais fatigués, au cœur de l'immense villa à moitié inhabitable des Yammine où il était venu une première fois demander la main de la jeune fille pour Michel, il fit des promesses faramineuses, prétendit que l'évêque semblait prêt à revenir sur l'annulation du premier mariage et promit que si tel n'était pas le cas, il payerait lui-même l'avortement. L'essentiel pour lui était de gagner du temps, et les vieux époux, fiers et ombrageux, l'écoutèrent sans cacher leurs doutes ni répondre, souhaitant faire montre de leur désapprobation face aux agissements de Michel. Mais, en définitive, ils laissèrent les choses suivre leur cours. Pour eux aussi, un retour de Marie au sein du clan Khattar était une revanche sur le sort et contre la honte que la légèreté de leur fille faisait retomber sur eux. Rassuré, et sans évoquer cette visite devant son fils qui l'apprit pourtant par Marie, Chakib entreprit ensuite d'aborder le sujet avec Fawzi Rayyès, lors d'un dîner ou à la sortie d'une réunion du Majlis Millet à l'évêché. Fawzi Rayyès fut désagréable et tint des propos peu amènes sur Michel. Mais il ménagea Chakib, qui vit là un signe favorable et sans attendre vint trouver l'évêque. Le prélat, qui avait eu vent de l'histoire, s'enferma avec lui. Accoudé à son grand fauteuil face à l'immense salle d'audience vide, il entendit les arguments de Chakib. « L'héritier, *sayyedna*, l'héritier, répétait ce dernier, c'est finalement cette femme, la première, qui le porte, et il faut faire vite avant qu'elle soit obligée de le perdre. » Pour appuyer son propos, Chakib utilisait les vieilles rengaines, les grandes familles, notre présence dans le quartier de Marsad, les orthodoxes et leur rôle dans la région, bref tout le baratin auquel s'attendait l'évêque. Le prélat était néanmoins très embarrassé. « Tout de même, *ya* Chakib, cet enfant est le fruit de l'adultère, quoi que tu en dises… » « Je suis bien d'accord, *sayyedna*, répliquait Chakib. Mais en même temps, on s'est trompé sur le compte de cette femme, on la croyait stérile et elle a prouvé le contraire. Vous n'avez pas de lois pour faire admettre ça, dans tous vos livres ? » Évidemment, il n'y en avait pas, mais ce qu'il y avait en revanche, c'étaient les Rayyès, qui, de l'avis du prélat et contre la fausse intuition de Chakib, jamais n'admettraient ce divorce, et l'humiliation que cela serait pour eux. « Reparles-en plus clairement avec Fawzi, et venez me voir tous les deux ensemble », déclara l'évêque pour finir, ce qui agaça profondément Chakib qui se voyait traité comme un élève par son maître d'école. Mais il ne dit rien, car il avait besoin des bonnes grâces du prélat et chargea son fils de ces pourparlers. « C'est la moindre des choses, dit-il à Michel. L'évêque n'est pas contre ton divorce. Ton beau-père semble fâché, mais tu pourras le convaincre. » Or dans sa maison sous les pins d'Achrafieh, Fawzi Rayyès refusa tous les arguments de son gendre. À sa propre fille, qui vint à son tour le supplier d'accepter d'intercéder pour qu'on annule le mariage, il fit des remarques sèches et la renvoya chez elle en lui intimant l'ordre de résister à son mari. Michel entre-temps engagea des avocats, puis alla lui-même voir l'évêque qui se montra fermé, presque désagréable, et lui laissa entendre qu'un divorce était inenvisageable. Alors, par un de ces coups de tête dont il était familier, Michel jura que s'il ne parvenait pas à obtenir le divorce, il épouserait quand même Marie, il la prendrait comme deuxième femme et pour cela, s'il le fallait, eh bien il se convertirait à l'islam.

Il est inutile de dire que l'incrédulité et la stupeur frappèrent le monde autour de lui. Michel proféra cette aberration devant ses amis, je l'entendis moi-même un jour et je pris cela pour une blague. Il la dit ensuite à des contremaîtres de l'usine, puis à ses sœurs et enfin à sa femme et cela bientôt se répandit. Nul ne saura jamais jusqu'où il aurait pu aller dans sa colère et sa passion effrénée, porté par cette habitude d'enfant gâté à qui rien n'avait jamais été refusé et qui, voyant les choses lui résister, était capable de défis dont il ne mesurait ni la gravité ni les conséquences. Alla-t-il chez un cheikh de Basta, tenta-t-il une démarche auprès de Dar el-Fatwa ? Je ne sais. Et s'il le fit, était-ce pour pousser la provocation plus loin encore ou était-il réellement prêt à franchir le pas ? Je l'ignore également. Entre-temps, les partisans des Khattar parmi les orthodoxes de Marsad se regardaient d'un air sombre et pensif, alors que ceux des Matar essayaient de paraître flegmatiques, même si l'on raconte que Georges Matar, en apprenant la nouvelle, partit d'un éclat de rire que tous ses voisins et les passants entendirent et prirent d'abord pour un cri de guerre. Les musulmans aussi riaient et taquinaient leurs voisins chrétiens en affirmant qu'à la prochaine génération les Khattar seraient des notables sunnites, ce qui tout de même faillit provoquer une rixe au café Masaad où les parieurs, tant musulmans que chrétiens et qui étaient pourtant complices quand il s'agissait de chevaux, finirent, pour un mot déplacé ou une allusion ironique, par en venir aux mains. Pendant ce temps, les députés musulmans et même le mufti, sans doute poussés par les Salam, les puissants alliés des Khattar, vinrent en visite chez Chakib pour dire leur solidarité et désapprouver les méthodes de Michel, expliquant qu'ils n'étaient pour rien dans ce genre de décision dévastatrice, comme s'il fallait à tout prix calmer le jeu pour éviter une guerre civile. À l'inverse, les Rayyès réclamèrent des dédommagements pour laver l'affront qu'ils subissaient. On était, de ce côté aussi, au bord d'un sourd conflit de clans. Finalement, Chakib convoqua son fils, s'enferma avec lui dans son bureau, et le somma d'arrêter de dire et de faire des bêtises. Michel haussa le ton, Chakib menaça de le faire enfermer, de lui administrer une leçon qu'il n'oublierait jamais, comme un simple quidam et non comme son fils, mais Michel ricana. « Je ne suis pas Simone », lança-t-il d'un air de défi. À ces mots, et comme s'il ne pouvait tolérer le fait que l'on mêlât sa fille à des bêtises de ce genre, Chakib lui asséna une gifle si formidable que Michel sentit sa nuque se tordre et une chaleur brûlante lui envahir la joue avant d'entendre la claque qui l'envoya presque assis, mais de travers, les fesses par-dessus le bras d'un fauteuil. Il lui fallut de manière pataude se redresser et se remettre debout, ce qui rendit sa sortie, qu'il voulait tonitruante, plutôt ratée. Il partit donc la queue basse, mais Chakib, inquiet d'une possible réaction de dépit de son fils, mit ses hommes sur les dents. Il n'en dormait plus, se levait et faisait les cent pas dans la maison nocturne, s'emportait facilement contre ses ouvriers à l'usine. Il alla plusieurs fois encore chez l'évêque, mais finalement c'est la femme de Michel qui demanda publiquement qu'on mette fin à cette comédie, déclarant qu'elle serait heureuse d'être libérée du mariage et de ses impératifs. Son père refusa d'entendre ces arguments, la convoqua et lui intima l'ordre de défendre ses droits. Pour toute réponse, elle s'enfuit de chez elle et se réfugia chez une de ses tantes. Fawzi Rayyès, furieux mais soucieux de la santé de sa fille, proposa à des plénipotentiaires des Khattar de laisser dire que Michel maltraitait sa femme, seul moyen de justifier un divorce. Les familles ne communiquaient plus, et même au Majlis Millet les deux notables ne s'adressaient plus la parole malgré les vertueuses tentatives de l'évêque pour les forcer au moins à se saluer. Michel évidemment refusa la proposition de son beau-père. Chakib trouva l'alibi un peu exagéré mais finalement, harassé, il fit dire aux Rayyès qu'on ferait comme ils voudraient, et offrit tous les dédommagements voulus. Puis il convoqua Michel et lui rappela que bientôt l'enfant naîtrait et que l'on n'y pourrait plus rien. Quelques jours seulement après les secondes épousailles de Michel et Marie, naquit leur premier enfant, et il se produisit ce à quoi sans doute personne n'avait seulement songé tant la lutte avait été féroce autour du ventre, nul à part moi qui tout le temps que cela dura me demandais et si, et si et si, et en effet c'est ce qui arriva, l'enfant que Marie mit au monde était une fille.

Toute la bonne société de la ville et tout Marsad se gaussèrent évidemment de cette déconvenue. Chakib pendant plusieurs jours ne parla pas, il avait une mine d'enterrement, les bonnes redoutaient sa présence, ses chauffeurs le conduisaient sans mot dire et il écoutait ses contremaîtres à l'usine sans réagir, ce qui faisait frémir son personnel car on avait peur d'une colère terrible après ça, comme le silence avant la tempête. Un an et demi plus tard, Marie fut de nouveau enceinte, mais à nouveau elle mit une fille au monde, et encore une troisième deux ans après, puis elle refusa de continuer à faire des enfants pour les beaux yeux des Khattar. « Tout ça pour ça », marmonnait sans fin Chakib et, pour que sa hargne contre son fils n'apparaisse pas comme une forme de misogynie déguisée ou un manque d'amour pour ses petites-filles, il la reportait sur les absences de Michel à l'usine, sur son désintérêt pour les affaires dont il était l'héritier, il rageait, s'emportait pour un rien en essayant de chasser de son esprit l'image de Lamia et les vieilles histoires qu'il avait entendues au cours de sa vie sur des malédictions et sur des rois privés de descendance à cause d'un mauvais œil ou d'un sort sur eux jeté.

9

Il n'eut plus désormais qu'à attendre et à compter sur son benjamin, son dernier-né, le garçon tard venu mais qui présenta longtemps avec Simone le côté le plus fringant, le plus brillant, intellectuellement autant que physiquement, de la famille. Élias fut pourtant toujours un être à part dans la fratrie. Petit, il était considéré presque comme le fils de ses propres sœurs, qui s'occupèrent de lui comme de leur enfant, leur jouet, leur chose. Cet environnement féminin lui permit d'éviter la trop grande charge que l'on faisait tôt porter aux garçons. Mais très vite aussi, il se démarqua de l'ensemble des membres du clan par une indifférence presque totale à ce qui faisait la fierté de tous, le nom, la notabilité, mais aussi l'aisance matérielle, les beaux vêtements, les voitures et la capacité de dépense. Jusqu'à la fin de son adolescence, il fut imperméable au monde où il vivait, évoluant dans le sien propre, fait d'aventures héroïques, d'histoires tirées du *Journal de Tintin* et de lectures solitaires. Plus que tous ses frères et sœurs, il aimait Kfar Issa où il pouvait vivre des mois entiers l'été loin de la ville, à galoper à cheval avec les fils des maquignons, à lire et à mettre en scène dans les vastes paysages qui l'entouraient les fables qu'il inventait et où se côtoyaient des bandits romantiques, des condottieres et des femmes fatales. Ces excès de rêverie eurent aussi pour conséquence de fragiliser le garçon qui vécut comme de véritables traumatismes ses contacts avec la réalité rugueuse de la vie. Les femmes de Bédouins que Wadi'a ou les bonnes chassaient sans aménité quand elles osaient entrer dans le domaine de Kfar Issa pour mendier ou chercher à dire la bonne aventure, la manière dont un contremaître humilia un jour un travailleur agricole soupçonné d'avoir endommagé une rigole entre les arbres, mais aussi les enfants des rues de Beyrouth dont les gens de son milieu ne semblaient même pas voir les visages collés aux vitres des automobiles pour attirer l'attention et se faire donner l'aumône, la façon de les traiter qu'adoptaient parfois par zèle les chauffeurs ou les hommes de main, tout cela faisait mal à l'enfant puis au jeune adolescent, qui ne parvenait pas à comprendre comment le monde pouvait tourner avec à sa surface de telles horreurs. Le comble de son incompréhension et aussi de sa honte fut la scène à laquelle il assista un jour dans le grand salon de la maison des Khattar où il venait d'entrer par inadvertance. Il y avait là une des jeunes bonnes et son père, un montagnard abrupt qui sans doute venait toucher lui-même le salaire de sa fille et qui à un moment donné, par excès de zèle, intima à cette dernière un ordre qu'elle n'effectua pas assez vite à son goût, ce qui fit qu'il lui asséna devant Chakib et Élias une gifle retentissante. La jeune fille tressaillit, baissa la tête, dit un mot d'excuse pour on ne sut quoi et Élias en eut une telle honte qu'il n'osa plus la regarder pendant des jours. Il éprouva aussi des semaines durant une haine tenace pour Chakib qui avait laissé faire, il s'en voulut pour les mêmes raisons, s'inventa des histoires dans lesquelles il intervenait, battait le père, poussait la jeune fille à se faire justice et ses rêveries ne furent sans doute pas dénuées d'un contenu ambigu et fortement érotique. En tout cas, Élias n'exprimait jamais ses frustrations et sa révolte, le monde l'épouvantait et il ne faisait que le réinventer par-devers lui. Mais il cachait bien le maelström de ses pensées, il était brillant à l'école et aimait écrire, de sorte que l'on disait : « Élias est l'intellectuel de la famille », ce qui avait bien entendu un sens un peu péjoratif. Mais cela lui était égal, il recevait ses camarades et s'enfermait avec eux pour bouquiner ou jouer à des jeux de société, ou pour créer des mondes parallèles. C'était le temps des frasques de Simone puis de Michel, et on s'occupait peu de lui. Ses amis étaient les fils d'autres notables, comme lui un peu en rupture de ban, par révolte adolescente ou envie de faire des bêtises et pour qui Élias très vite devint une sorte de modèle, un meneur que ses professeurs mêmes observaient avec admiration et un peu de crainte. Il était beau comme un dieu, Élias, il avait les yeux vert sombre de Simone. Un sourire traînait toujours au bord de ses lèvres, il négligeait sa mise, mais il y avait dans ce négligé quelque chose de fascinant, une sorte d'élégance nonchalante qui faisait que l'on se demandait souvent si un col de chemise non remonté par-dessus celui du pull-over était une coquetterie ou du désordre, si ses cheveux châtains étaient en bataille ou s'il les avait peignés de manière à avoir l'air ébouriffé. Ses camarades le craignaient aussi, ils achetaient les mêmes livres que lui et vouaient de l'admiration aux héros qu'il admirait, ils aimaient Napoléon et lisaient pour lui plaire le *Journal de*

Tintin qu'il décréta supérieur à *Spirou*, ce que nul n'osa plus contester. Et puis, vers l'âge de treize ou quatorze ans, ses goûts muèrent. Il commença à entendre parler d'aventures collectives, de révolutions populaires, il s'intéressa à la Révolution française, puis russe, acheta des ouvrages sur Cuba. À quinze ans, il voulut s'atteler aux traités marxistes, il demanda conseil à son frère qui éclata de rire, puis à moi qui lui prêtai des ouvrages que j'avais. Élias se procura aussi *L'Impérialisme stade suprême du capitalisme*, qu'il trouva parmi les livres laissés par Hamid avant sa disparition. Je crois qu'il n'y comprit pas un mot, en tout cas il ne retrouva pas une seule des idées généreuses et utopiques qu'il espérait y voir et ce n'est que deux ans plus tard qu'il fit le tri entre ses vieux rêves d'enfant autour du mot « communisme » dans lequel il entendait la notion de solidarité, de mise en commun et d'abolition des différences sociales, et les théories scientifiques et économiques du marxisme. Je ne sais si tout cela lui parlait vraiment ou s'il était simplement à la recherche d'un idéal en dehors de la société où il vivait et où il s'ennuyait. Il en avait assez des rituels familiaux, des grands notables et de leurs enfants qui constituaient son horizon social, du snobisme et des idées reçues, des fume-cigarettes de Pierre Pierre et des fortunes que dépensait Michel pour acheter des tableaux ou des voitures. La fougue de son âge le poussait à montrer son agacement, ses réactions étaient sèches, il se moquait de ses tantes, reprenait sa mère quand elle parlait du personnel (« Elles ont des noms, tes cuisinières, maman ») et entra dans une discussion orageuse avec son père lorsque ce dernier refusa d'augmenter les bonus des ouvriers ou lorsqu'il expulsa un de ses employés parce qu'il avait appris que celui-ci s'était syndiqué. Lors de la révolte des Palestiniens en 1969, il déclara à voix haute qu'il était heureux que les gendarmes aient été boutés hors des camps palestiniens (« Ce sont des brutes et des voyous », proclama-t-il à table), ce qui lui valut une réplique sèche de son père (« Tais-toi, tu n'arrêtes pas de dire des bêtises, mais tu vas finir par m'énerver »). Ces attitudes finirent effectivement par alerter son père. (« Tu penses très mal, Élias, lui disait-il, réfléchis un peu. ») Mais, dans la fougue de ses dix-sept ans, Élias était convaincu que c'étaient ses parents qui pensaient mal, ou qui pensaient juste mais selon leur classe sociale. Chakib évidemment prit la chose avec philosophie jusqu'à ce qu'une fois sa scolarité achevée Élias annonçât qu'il souhaitait entrer à l'École des lettres pour faire des études de philosophie. Son père monta alors sur ses grands chevaux, il y eut des cris et des disputes. Évelyne essaya de raisonner Chakib qui, au bout de plusieurs semaines de crises, finit par proposer à son benjamin de faire les études qu'il voulait à condition que désormais il vînt à l'usine tous les matins. Le notable ne voulait pas se fâcher avec son fils, mais il voyait bien chez lui une forme d'insouciance qu'il imputait aux plaisirs de la lecture, auxquels il associait les tendances philanthropiques et le peu d'intérêt que le jeune homme portait aux affaires. Il devinait aussi dans le caractère de ce dernier le bouillonnement du sang des Khattar, leur caractère entêté, rude et imprévisible, les poussant à des actions d'éclat calamiteuses, et il préféra s'entendre avec lui. Il lui paya ses études, en grommelant pourtant et en se lamentant (« J'espère qu'il ne va pas devenir comme cet imbécile de Pierre Boutros et nous emmerder avec ses sentences ») et lui imposa en échange d'aller travailler dans les entrepôts de marbre pour y diriger les bureaux de l'import, le forçant à se colleter avec les réalités du travail, avec celles des ouvriers et des pauvres gens. Mais il avait peur qu'Élias, têtu et dogmatique, n'aille monter ses ouvriers, leur ouvrir les yeux sur certaines choses qu'ils n'avaient pas à savoir, ou se mettre généreusement de leur côté, réclamant pour eux de meilleurs salaires ou des primes, voire qu'il les pousse à s'organiser en syndicat. Il chargea ses contremaîtres et de vieux ouvriers issus de familles de Marsad de le surveiller. Il craignait surtout de voir son fils profiter de la proximité du camp de Hay el-Bir pour aller s'acoquiner avec les Palestiniens. Le camp était à une rue de l'usine, et en 1970 l'OLP installa juste en face de cette dernière une permanence devant laquelle des hommes en armes apparaissaient parfois, et venaient dans les bureaux des Khattar demander à utiliser le téléphone. Malgré les remontrances qu'on lui fit, le gardien les laissait passer parce qu'il les craignait et aussi parce que, lorsqu'il était rabroué par les contremaîtres qui n'aimaient pas le voir dormir sous le linge qu'il mettait à sécher devant sa loge, il allait accrocher ses chemises et ses slips mouillés sur des fils que lui prêtaient gracieusement des femmes du bidonville.

Or, dans le camp et à cette permanence, Élias n'alla jamais, tous les rapports des ouvriers le confirmèrent à son père. En revanche, il participa évidemment à toutes les réunions des organisations de gauche à l'École des lettres, il entra sans doute à cette époque au FPLP, fut de toutes les manifestations des années 1972 et 1973. On ne le voyait plus chez lui, il rentrait tard ou pas du tout, prétextant des affaires de cœur ou des parties de campagne avec des amis et qui n'étaient sans doute que des journées d'entraînement aux armes dans le sud du pays. Il se laissa pousser une barbe qui lui mangeait le visage mais mettait en valeur ses yeux verts limpides. Les femmes l'aimaient pour cela, aussi bien les filles de sa caste, en minijupe, lunettes de soleil énormes et coiffures soignées, que les étudiantes de l'École des lettres engagées comme lui, les cheveux longs, langoureuses et vêtues de tissus voyants mais qui d'un jour à l'autre pouvaient se mettre en pantalon et aller manifester bruyamment contre l'impérialisme américain et la guerre du Viêt-nam. À voir son allure, son père ne cessait de rouspéter (« On t'accepte en cours, habillé comme ça ? ») mais admettait que malgré cette dégaine Élias était respecté à l'usine et les ouvriers l'aimaient. Sauf qu'à l'usine, son fils cessa bientôt d'aller. Lors des troubles de 1973 et des combats qui s'ensuivirent entre l'armée et les organisations palestiniennes, il parut clair qu'Élias était sérieusement engagé. Il ne rentra pas durant une semaine où les explosions retentissaient en provenance de Chatila. Il prétexta le couvre-feu, fit porter par une amie à lui un message chez les Khattar. Lorsque, après le premier cessez-le-feu, il réapparut enfin, son père exigea des explications. Élias avait l'air exténué, les yeux rouges, les traits tirés. « Où étais-tu ? » demanda Chakib. « Là où je devais être », répondit Élias. « Cela ne veut rien dire, parle plus clairement », insista Chakib, mais Élias refusa et Chakib répondit à sa place : « Tu te battais aux côtés de tes amis Palestiniens, c'est ça ? » Le fils ne nia pas, le père s'emporta comme jamais il ne s'était emporté, les bonnes se réfugièrent dans leur chambre, Wadi'a se tint coite sur le seuil de l'office, le chauffeur des Khattar monta aux cris que l'on entendait jusque dans la rue où le silence continuait de régner, malgré les allées et venues d'automobiles chargées de manifestants bravant le couvre-feu pour soutenir les Palestiniens. Évelyne essaya de s'interposer, suppliant que l'on revienne à un ton moins agressif. Elle craignait que le père et le fils n'en viennent aux mains, elle appela Wadi'a à la rescousse mais cette dernière n'osa pas approcher et le chauffeur à qui on alla ouvrir resta sur le pas de la porte sans même chercher à regarder à l'intérieur, comme si le spectacle du père et du fils en train de se déchirer risquait de le foudroyer. Chakib ne parvenait plus à se maîtriser, l'inconscience de son fils le mettait hors de lui. « Tu contribues à notre ruine à tous, à celle du pays, à celle de ta famille », hurlait-il, et il est probable que dans cette colère il passait toute la violence réprimée qu'il éprouvait contre les siens depuis l'affaire de Michel. « Mes enfants vont me damner, vous allez tous me damner, répétait-il, et vous n'allez pas tarder à avoir ma peau. » Élias répondait en criant aussi, puis se reprenait parce qu'il avait beau faire, son père lui en imposait encore, il se ressaisissait avant de s'emporter à nouveau, et je crois que ce n'est pas tant les propos de Chakib qui le mettaient en colère qu'une impatience formidable, une envie d'espace et d'action que ce dernier semblait vouloir contrarier sans fin. Quoi qu'il en soit, sur le moment, les positions semblaient inconciliables et les cris durèrent jusqu'à ce que finalement Chakib, reprenant son souffle, baissant subitement la voix, déclarât à son fils en le regardant avec un air froid de défi qu'il avait désormais le choix : soit rester à la maison le temps que les événements prennent fin, puis partir finir ses études en France (et à ces mots Évelyne demeura stupéfaite parce qu'on n'avait jamais entendu Chakib faire allusion à la possibilité que l'un de ses fils puisse s'éloigner du Liban, de l'usine, de la famille), soit partir sur-le-champ et ne plus remettre les pieds dans cette demeure. À quoi naturellement Élias répondit que c'était la deuxième solution qu'il choisissait, avant de monter dans sa chambre, de réunir quelques objets et de sortir.

Les jours suivants, autour des Khattar on se regardait avec crainte comme on le fait après une catastrophe sur laquelle il serait imprudent de revenir. Les bonnes, les chauffeurs se faisaient les plus discrets possible, on répondait aux maîtres avec déférence comme s'ils avaient perdu quelqu'un. Les autres enfants se firent conter l'affaire à voix basse par Wadi'a puis par Évelyne. Julie et Rayya levèrent les yeux au ciel, Michel haussa les épaules. Lors de l'éphémère reprise des combats, Évelyne ne cessa de pleurer. À chaque explosion elle suffoquait, Wadi'a se tenait près d'elle tout le temps tandis que Chakib essayait d'avoir des nouvelles de l'usine parce que des combats étaient signalés à Hay el-Bir. Les deux femmes se regardaient en silence, comme muettes de stupeur devant l'indifférence du père au devenir de son fils. Lorsque tout rentra dans l'ordre, Élias revint et tint sa mère longuement contre lui. Évelyne pleura en essayant de dire quelque chose, ne réussissant qu'à faire encore allusion à la pilosité de son fils (« Si au moins tu rasais cette barbe ! »), ce qui fit rire Élias malgré son visible état d'épuisement. Après quoi il alla vers son père mais celui-ci demeura distant, puis déclara à son benjamin qu'il lui avait donné le choix, qu'Élias avait claqué la porte, qu'il lui pardonnait mais qu'il lui faisait la même offre, Paris ou ne plus paraître devant lui. Évelyne essaya de s'interposer, elle supplia les deux hommes de ne pas recommencer à se bagarrer, Élias dit qu'il ne venait pas pour se disputer, son père répéta qu'il attendait une réponse immédiate, Élias tenta de discuter, Chakib ne voulut rien entendre et alors, en guise de réponse, Élias sortit une nouvelle fois de la maison.

Les Khattar tentèrent bien sûr d'étouffer l'affaire. Tout était provisoirement rentré dans l'ordre, et le calme revenu. Évelyne avait des nouvelles de son fils qui l'appelait de temps à autre. La ligne grésillait, il semblait parler de l'autre bout du monde mais il ne lui disait pas qu'il était dans l'Arkoub, à la frontière. Chakib ne demandait jamais de ses nouvelles, mais tendait l'oreille quand il entendait le téléphone sonner. Il demeura ferme pourtant, ne voulut pas que l'on prononçât le nom d'Élias devant lui. Durant les mois qui suivirent, les manifestations des organisations de gauche et des partisans des chefs sunnites mirent dans les rues des dizaines de milliers de personnes. À Marsad, les orthodoxes regardaient passer les manifestants musulmans sans bouger, impuissants, et Chakib déclarait à tout bout de champ qu'on était sur une mauvaise pente, et que tout cela finirait mal, confondant sans doute ses propres soucis avec ceux du pays. Même si son entente politique traditionnelle avec les chefs sunnites de Basta tenait encore le coup, il devait bien voir et pressentir qu'avec la montée en puissance des Palestiniens et de leurs alliés libanais de gauche, c'est toute la configuration du pays qui allait changer, emportant sans doute ses propres amis musulmans en même temps que lui dans la tourmente qui s'annonçait. Cela ne pouvait que contribuer à la fin de la domination chrétienne sur le Liban et, pire encore, à son échelle propre, à la fin de la présence ancestrale de sa famille dans les quartiers de Marsad et de ses environs. Qu'à l'égard de tout cela son fils fût non seulement aveugle mais complice mettait le vieux notable en fureur chaque fois qu'il y pensait. Et pendant ce temps, lors des réunions du Majlis Millet, ou au Club sportif, ou à l'occasion de visites des porteurs de doléances, s'il arrivait qu'on lui demande des nouvelles d'Élias, sans qu'il sût si c'était malveillance ou véritable curiosité, il répondait : « Il est en France, il finit ses études. » Mais un soir que, durant une partie de poker, on spéculait sur la position des Palestiniens après une attaque israélienne dans le sud du pays, un convive, un homme politique proche du parti Kataëb, déclara : « On pourrait demander à ton fils, Chakib beyk, il paraît qu'il est devenu un proche d'Arafat. » Nul ne sut si c'était de l'humour ou pas, d'autant que les partis chrétiens reprochaient à ce moment-là aux Khattar de maintenir leur alliance avec les Salam, eux-mêmes proches de l'OLP. Toujours est-il que Chakib jeta ses cartes avec humeur et se leva, semant la confusion parmi ses invités et le rouge sur les joues de sa femme qui ne sut comment faire pour recoller les morceaux et réconcilier son mari avec son invité. Elle voulut que le lendemain il appelle pour s'excuser, mais Chakib refusa, et durant les semaines suivantes, pour se calmer les nerfs et s'éloigner d'un monde qui s'amusait à le provoquer, il prit l'habitude d'aller plus fréquemment à Kfar Issa. Il se promenait dans les vergers, inspectait ses chevaux puis revenait dans la maison où le régisseur le suivait afin de lui faire son rapport sur les comptes ou sur les propositions qui avaient été faites pour l'achat des récoltes. Parfois, pour le plaisir de n'avoir plus à fréquenter des politiciens ou des négociants malintentionnés, il envoyait chercher des partenaires parmi les hommes du village pour jouer aux cartes après la sieste, tandis que l'après-midi progressait majestueusement et que les montagnes arides en face prenaient des teintes roses, violettes puis pourpres. Il n'était plus alors question des Palestiniens et de son fils, ni du président Frangié et de ses alliances avec les Kataëb. Chakib écoutait avec plaisir les histoires de chasse, de veillées, d'hyènes s'approchant des habitations ou de Bédouins qui s'étaient pris le bec avec les exploitants agricoles chiites de Baalbek. Marsad et la grandeur des Khattar lui paraissaient alors des choses lointaines et improbables, et cela le reposait. Mais jamais, lors de ces visites, il ne s'assit vraiment avec Lamia. Des années durant, après l'affaire de Hamid et Simone, elle avait continué à venir par convenance s'asseoir cinq minutes sur la terrasse avec lui, mais une immense distance s'était creusée entre eux, ils ne se disaient plus que quelques mots polis avant qu'elle s'en aille, arguant de travail à finir ou de visites à faire dans les environs. Chakib l'observait avec acuité, il la trouvait toujours incroyablement belle, malgré ses rides au bord des yeux et l'alourdissement de ses traits. Il ne pouvait s'empêcher de penser que cette femme puissante devait être satisfaite de ce qui lui arrivait, voire qu'elle le souhaitait, qu'elle l'avait ardemment voulu. Avec le temps, il s'était même persuadé qu'elle y était pour quelque chose. Il était pourtant peu croyant, se moquait des superstitions de son personnel et tenta longtemps de rire de ce qu'il commençait à penser des pouvoirs de Lamia. Pourtant, un jour où sa sieste avait été écourtée par la visite d'un capitaine de gendarmerie puis par celle d'un acheteur potentiel des récoltes, il la fit appeler et elle vint. Ils échangèrent quelques propos banals, Chakib était à nouveau embarrassé devant l'aura que dégageait celle qui vraisemblablement avait été son amante d'une nuit au moins dans leur jeunesse. Il marmonna des mots incompréhensibles, il y eut entre eux un silence, puis Chakib lui demanda si elle avait su ce qu'Élias avait fait, et si elle était contente de tout ce qui arrivait. Elle ne comprit pas tout de suite. Il lui rappela ses propos dix ans auparavant. Elle ne s'offusqua pas, mais rétorqua que personne ne pouvait se satisfaire des ennuis des autres. Il y eut encore un silence, puis Chakib lui demanda comment allait Hamid.

– Très bien, dit-elle.

– Pourquoi ne t'aide-t-il pas alors ? Pourquoi ne t'emmène-t-il pas chez lui ?

– J'ai refusé, répondit Lamia. Je n'ai pas envie d'aller rôtir dans le désert.

Chakib sourit. Sans doute pensa-t-il que Hamid ne devait pas être si bien loti s'il ne pouvait offrir à sa mère un gîte décent au Liban. Comme si elle avait lu dans ses pensées, Lamia précisa :

– Il a acheté une maison à Zahlé, il veut que j'aille m'y installer.

– Et pourquoi tu n'y vas pas ? demanda Chakib.

– Je n'ai pas envie, je me suis habituée à la vie ici. Sauf si tu ne veux plus de moi.

– Tu souhaites rester pour suivre les épisodes de ma ruine ? demanda-t-il en riant à moitié.

– Je pourrais les suivre de Zahlé aussi bien que d'ici, répondit Lamia.

Chakib se tut un long moment, puis déclara qu'il

avait un projet, auquel il pensait depuis quelque temps. Il se tut encore, attendit, Lamia ne demanda rien, ce qui fait qu'il reprit :

– J'y ai beaucoup réfléchi, sans oser franchir le pas. Mais je crois que, maintenant, je dois le faire. J'ai envie de donner à ton fils une somme d'argent. Une grosse somme, ce à quoi il a droit. J'aurais dû le faire plus tôt. Mais mieux vaut tard que jamais.

Lamia le fixa d'un air glacial.

– Je t'ai dit qu'il n'en a plus besoin maintenant. Et puis de toute façon, je t'avais dit aussi que, même si tu lui avais tout donné, je l'aurais empêché de le prendre.

Chakib demeura silencieux, observant les arbres et au loin la chaîne de l'Anti-Liban qui virait au violet dans le soleil couchant. C'est Lamia qui rompit le silence.

– Je n'ai jamais vu un père chercher à acheter ainsi la bienveillance de son fils, dit-elle.

Chakib la considéra fixement, d'un air qu'il voulait ferme et indifférent, mais qui ne l'était pas. Cette femme était terrible et il se dit peut-être que c'est elle qu'il aurait aimée et épousée si le monde avait été fait autrement.

– C'est ta bienveillance à toi que je cherche, dit-il enfin – et peut-être mit-il dans ses mots toute la force d'une déclaration d'amour torride.

Mais Lamia resta de marbre.

– Tu penses que je t'ai jeté un sort, c'est ça ? demanda-t-elle avec une froide ironie.

Chakib eut une moue embarrassée et ne répondit pas, regardant distraitement des ouvriers qui passaient bruyamment sous la terrasse.

– Et en même temps tu n'y crois pas une minute,

poursuivit Lamia. Mais comme tu ne contrôles plus rien, ça t'agace, et tu n'oses pas te dire que tout ce qui t'arrive est peut-être la punition pour toutes les injustices que toi et tes pères avez commises.

10

La certitude de Chakib sur le fait qu'il ne resterait plus rien après lui de la grandeur des Khattar ne concernait pas seulement son usine et sa fortune, mais aussi sa position politique et celle de son clan. Si son benjamin avait pris fait et cause pour les forces de gauche et les Palestiniens que son père tenait pour responsables de l'inéluctable destruction du pays, son aîné était de son côté totalement indifférent à toutes ces questions sur l'avenir du Liban ou celui de sa famille. Cela n'avait jamais intéressé Michel, qui ne vivait d'ailleurs même plus à Marsad depuis son mariage, pas plus que ses deux sœurs, et jetait comme elles sur son quartier natal le même regard que celui des habitants d'Achrafieh. Il le trouvait inhabitable, rendu méconnaissable par le passage du temps et sa transformation progressive en un quartier de petite bourgeoisie musulmane où les anciennes familles chrétiennes n'avaient plus qu'une présence clairsemée. Son désintérêt pour la position prédominante des siens se reportait aussi sur l'usine des Khattar dont pendant des années il réclama le déménagement loin de Hay el-Bir et des camps palestiniens, comme si cette proximité était une des raisons qui l'empêchaient de venir y travailler.

Tout cela évidemment mettait Chakib en fureur. Pourtant, ses enfants n'avaient pas complètement tort, les choses changeaient, et Marsad n'était plus désormais à ses seuls anciens habitants, ces orthodoxes vaniteux et fiers qui ne représentaient plus qu'une minorité dans leur ancien fief. Ils étaient loin désormais, les temps où les Matar, les Nassar ou les Khattar se partageaient l'influence dans la rue avant de se tourner tous ensemble contre les intrus venus des régions environnantes. Malgré les efforts des notables, le déclin de la présence chrétienne à Marsad s'était amorcé dès la fin des années cinquante, au cours desquelles la population sunnite de Basta, la traditionnelle grande rivale, se déployait lentement vers le sud et s'installait, de plus en plus nombreuse, à Marsad, à la faveur du développement de la spéculation immobilière. Les événements de 1958 marquèrent sans doute un tournant, avec l'inévitable mise en orbite des chefs politiques chrétiens, qui pour survivre durent s'allier à leurs collègues de Basta, lesquels menèrent la révolte contre le président Chamoun. Le basculement de Marsad du côté de l'opposition, et sa situation à l'ouest de la capitale, c'est-à-dire, pour un imaginaire en train de se fabriquer de nouvelles géographies politiques, du côté musulman, augmentèrent la perception que le quartier n'était plus désormais ce qu'il était. Un phénomène de migration lente des habitants orthodoxes vers les régions à dominante chrétienne commença sans doute à ce moment. Les couples fraîchement mariés préféraient aller s'installer ailleurs, à Achrafieh, Sin el-Fil ou Furn el-Chebbak, et certains commerces ou de petites entreprises artisanales n'étaient plus systématiquement repris par leurs héritiers comme ce fut toujours le cas. Les développements politiques du milieu des années soixante n'arrangèrent rien et la montée en puissance des organisations palestiniennes, la radicalisation de la rue musulmane autour des idéaux nationalistes arabes, les troubles, les manifestations et l'excitation permanente propres aux bastions des chefs musulmans devinrent le quotidien de Marsad, qui constituait désormais avec Basta, voire avec Tarik Jdidé, un seul et même ensemble urbain. Pendant ce temps disparaissaient nombre de jardins de Marsad et beaucoup de bâtisses témoignant d'un passé agricole, tandis que les villas modernes des notables étaient englouties sous une marée d'immeubles neufs investis par des membres de la petite bourgeoisie sunnite devenue lentement majoritaire. Mais la population chrétienne conserva pour quelques années encore sa mainmise économique sur Marsad. Nombre d'artisans et de boutiquiers étaient encore chrétiens et la plupart des grandes demeures étaient celles des notables orthodoxes. Les dimanches, à la messe de Saint-Michel, la foule était encore dense sur le parvis et l'ambiance dominicale emplissait toujours les petites rues comme à Msaytbeh et Mazraa, les quartiers voisins. Durant les élections de 1972, leurs partisans se réunissaient dès l'aube autour des maisons des chefs politiques, ou bien passaient en processions d'automobiles dans les rues dont nombre de façades étaient pavoisées et arboraient le portrait des candidats, celui des Khattar aussi bien que celui des Matar, les éternels adversaires. Les hommes de main agirent en douce, on se disputa les voix des vieux que les uns et les autres venaient tirer de chez eux pour aller voter, on bourra quelques urnes, il y eut une ou deux disputes de convention et, le soir, la demeure illuminée des Khattar fut le théâtre d'un grand charivari, de tirs de revolvers en l'air et de feux d'artifice pour marquer la joie du succès, malgré l'annonce de l'échec du candidat du clan Majdalani à Mazraa face à un candidat orthodoxe mais affilié aux partis nassériens, ce qui pour tout le monde fut considéré comme une défaite et un affront.

Leur succès parut naturel aux Khattar, qui ne se doutaient pas que ce serait là le dernier du genre. Lorsque finalement, au printemps de 1975, la guerre éclata après tant d'alertes que nul ne voulait entendre, après les combats de 1973 puis les innombrables incidents de l'année 1974, le basculement irréparable commença. Les milices chrétiennes installèrent leur domination sur Beyrouth-Est, alors que les Palestiniens et leurs alliés musulmans mettaient la main sur l'Ouest de la ville, où se trouvait Marsad. En quelques mois, une partie importante des habitants chrétiens se mit à quitter le quartier, abandonnant progressivement de très vieilles locations, ou laissant derrière elle des biens qui seraient vendus plus tard au rabais. Mais les Khattar, eux, ne bougèrent pas, entourés encore de nombreuses familles, cantonnés dans un refus obstiné d'accepter le partage de la ville, et toujours soucieux, jusqu'à l'aveuglement, de conserver envers et contre tout leur position traditionnelle, comme si le pays et l'état des choses devaient être éternellement semblables à eux-mêmes. Pendant la première année de la guerre, d'ailleurs, et pour la plupart des fidèles de Chakib qui regardaient du côté de sa maison, sa présence et celle de sa famille, de ses voitures, de son personnel et de ses gardes du corps furent vécues comme un signe favorable, car de tous côtés les enlèvements et les exécutions sommaires faisaient rage. Demeurer ainsi paisiblement chez soi, quand on était chrétien et que l'on habitait Marsad, devenait une prouesse et, en cela, Chakib et les siens tinrent à donner l'exemple.

Mais ce dont je m'aperçois aujourd'hui, c'est que, plus que quiconque, les Khattar étaient dangereusement exposés. Un front commençait en effet à se dessiner à l'est de Ras el-Nabeh, et leurs fenêtres, très hautes, donnaient de ce côté-là. Mais Chakib n'en avait cure. Qu'il fût ainsi en première ligne, presque littéralement parlant, était pour lui normal, et il en tirait fierté. Les nuits de grande violence, il refusait de dormir ailleurs que dans son lit, malgré la mauvaise exposition de la chambre, et sa femme alors ne pouvait que rester près de lui. Du coup, nul dans la maison n'osait plus déménager d'une pièce à l'autre, Wadi'a le signifiait très clairement aux autres bonnes et l'on vivait ainsi comme si de rien n'était, malgré les grondements des explosions et les rageuses mitraillades. Brahim, Mitri Hasbani et un contremaître de l'usine veillaient à tour de rôle devant le portail ou à l'abri dans les pièces du rez-de-jardin, pour éviter que, profitant du chaos, des éléments incontrôlés ne tentent quelque assaut contre la demeure d'un notable chrétien, pour venger un des leurs ou par excès de zèle. Durant la journée, les rituels étaient scrupuleusement les mêmes que d'habitude, il fallait toujours qu'il y ait deux ou trois courtisans, ou quelques vieux partisans pour distraire Chakib qui ensuite les invitait à déjeuner. On prenait le repas dans la salle à manger où les plus fidèles habitués du maître lui déconseillaient pourtant de rester et cherchaient à éviter de l'accompagner. Mais Chakib faisait la moue et prenait chacun par les sentiments, « *Chou*, tu as peur, on dirait, *ya* Gergé ? », et alors tout le monde, Gergé ou un autre, par fierté le suivait, s'installait à table, on mangeait le poisson à l'huile de sésame et la *moghrabieh* de Wadi'a, une oreille sans arrêt traînant à l'extérieur où parfois explosait au loin un obus ou claquait, plus près, le coup de feu unique et sournois d'un franc-tireur qui suspendait un instant les fourchettes et les couteaux, le temps que Chakib déclare : « Ce n'est rien, vous savez bien, c'est cet abruti qui se tient dans les immeubles de la rue el-Hout. » Puis, comme si cela suffisait à exorciser le danger, on se remettait à manger et à parler, à échanger des nouvelles des fronts ou à évoquer de vieilles histoires de pêche à la dynamite ou de bourrages d'urnes pendant les élections de 1968 et 1972.

Mais les choses n'étaient pas si simples, et les contrariétés furent nombreuses dès le commencement, dès les mois de novembre et de décembre 1975, lorsque la folie dévastatrice s'empara de la rue. Tandis que, dans la partie est, les milices chrétiennes poursuivaient les musulmans et les militants de gauche, dans la partie ouest, où vivaient les Khattar, les citoyens chrétiens étaient enlevés par les milices musulmanes et palestiniennes. Des barrages étaient érigés par des hommes armés, ivres de vengeance aux nouvelles de l'arrestation sommaire ou de l'exécution d'un des leurs, et rien ne pouvait plus arrêter la colère aveugle et la violence déraisonnable. La radio que les Khattar avaient fait installer dans leur salon énumérait les points où ces horreurs se déroulaient, et qui changeaient toutes les heures. Des voisins de Chakib ou certains de ses courtisans venaient aussi apporter des informations, ils s'asseyaient sans un mot en voyant le vieux chef au téléphone, absorbé, parlant fort, pestant quand la ligne était interrompue. Puis ils lui disaient ce qu'ils savaient, « Il y a un barrage sur l'avenue de Mazraa », « *Ils* enlèvent les gens devant la maison Salhab, à Msaytbeh ». Face à cette situation et pour la première fois de sa vie, Chakib ferma l'usine pour éviter que ses ouvriers chrétiens ne se fassent enlever. Et bientôt l'inévitable ne cessa plus de se produire, c'était tantôt le fils d'un artisan du quartier qui était enlevé à Msaytbeh, tantôt un fonctionnaire originaire de Marsad mais vivant à Achrafieh qui l'était au carrefour du Musée. Deux ouvriers furent même arrêtés et disparurent non loin du camp de Hay el-Bir. Devant les familles éplorées, venues demander secours chez les Khattar et qu'on installait dans le grand salon, ou face aux appels incessants de ses proches, Chakib faisait téléphoner par sa femme à ses alliés musulmans, les Salam, les Dana ou les Yafi et même parfois à certains notables palestiniens qui pouvaient influer sur les chefs des organisations de la résistance. Il prenait ensuite la communication, et bientôt les personnes enlevées étaient libérées.

La détermination que mit Chakib à sortir les honnêtes gens des griffes des milices n'avait rien d'une affaire philanthropique. Il est bien plus probable qu'il éprouvait tous ces enlèvements comme un défi à son pouvoir, une atteinte à sa propre personne, lui qui voulait incarner et illustrer la possibilité pour les chrétiens de continuer à vivre dans la partie occidentale de la capitale, d'autant qu'il était désormais l'unique chef à Marsad : Georges Matar était mort au début de 1975, son fils n'avait pas le charisme nécessaire et l'héritier des Nassar était parti habiter Beyrouth-Est. Même les anciens abadayes aux actions fameuses, comme Costa Rjeili ou Mitri Jalkh, devenus incapables en leur grand âge d'agir ou même de se défendre contre d'éventuelles agressions ou d'anciennes revanches, étaient partis, souvent poussés à cela par leurs enfants. Bientôt, l'apparition à Marsad d'une milice armée menaça encore davantage la puissance du vieux chef demeuré seul en première ligne. Dès le mois de juin 1975, un étrange drapeau avait été hissé sur le balcon d'une vieille maison, dont on ne savait si elle avait été louée ou investie par la force. Des individus en armes apparaissaient fugitivement lorsque des combats étaient signalés, s'avançaient dans la rue, puis se retiraient quand les choses rentraient momentanément dans l'ordre. Chakib voulut évidemment savoir qui ils étaient, et ses partisans lui répondirent que c'étaient des membres du FPA, une organisation musulmane d'obédience nassérienne armée par les Palestiniens. Chaque fois qu'il passait en voiture, il observait le poste avec attention. Un jour il vit une jeep militaire en stationnement. Inquiet de cette présence dont il ne connaissait ni les tenants ni les aboutissants, il chargea ses proches d'une enquête discrète et apprit que le premier secrétaire de ce nouveau parti habitait non loin, dans un immeuble de la rue qui avait été celle des villas de Marsad. Il s'appelait Achraf Labbane, il était par ailleurs avocat et dirigeait le parti en même temps qu'un autre personnage, moins recommandable, du nom de Bassam Chahrour. Chakib garda ces informations en réserve, mais dès le début de l'année 1976, les miliciens devinrent de plus en plus visibles. Leur organisation s'engagea même auprès des Palestiniens dans des combats sur plusieurs fronts, ce qui justifia qu'il y eût bientôt des gardes devant chez Labbane, à deux pâtés d'immeubles de chez les Khattar. Certains de ces hommes se tenaient sans arrêt en faction, leur mitraillette sur les genoux quand ils étaient assis, faisant du bruit et riant fort quand ils étaient en groupe. Cela agaçait évidemment le vieux notable, à qui ses courtisans ne cessaient de rapporter des histoires de vexations de la part des éléments du FPA, « Ils ont empêché les gens de se garer le long du trottoir de la rue », « Ils ont installé un générateur très bruyant et n'acceptent pas de l'éteindre durant la nuit », « Ils ont arrêté et interrogé le neveu d'Abou Ali Mezher, le marchand de fleurs, heureusement qu'ils ne l'ont pas tabassé ». Durant des mois, Chakib essaya de calmer ses visiteurs et de tempérer leur colère impuissante, « Ce n'est pas très grave, ça va, il y a pire, regardez autour de vous, ces gars-là ne sont pas bien méchants », et cette manière de minimiser l'importance de la milice, de faire comme si elle n'existait pas, était de sa part une forme de snobisme. Il prenait d'ailleurs un air vague lorsque devant lui on parlait d'Achraf Labbane et il lui arriva même un jour de demander de qui il s'agissait avant de feindre de s'en souvenir, comme si c'était une chose négligeable. Une autre fois, devant ses amuseurs et ses courtisans réunis le soir chez lui, il fit mine de ne plus se souvenir du nom du chef de guerre lorsqu'il voulut faire allusion à lui dans une conversation et demanda ensuite où il habitait au juste. Il était en ce sens comme ces grands aristocrates qui voient arriver dans leur voisinage un bourgeois plus riche qu'eux mais qui jusqu'au bout font semblant d'ignorer son existence, passant devant ses voitures et son personnel en prétendant ne rien remarquer et souriant avec dédain à la moindre allusion à son sujet. Et ceci dura jusqu'au jour où on vint annoncer à Chakib que la maison des Smaïra avait été occupée par des éléments du FPA. Les Smaïra s'étaient réfugiés un an auparavant chez leurs enfants à Beyrouth-Est et leur maison était vide. Chakib envoya aussitôt Brahim et Hasbani aux nouvelles, mais ils se virent interdire assez sèchement l'accès à la demeure, dont ils observèrent la porte défoncée et sur le balcon des gaillards tranquillement adossés à la rambarde. Ils déclarèrent venir de la part de Chakib Khattar. Le chef des miliciens sur place haussa les épaules et déclara que la position stratégique de la bâtisse exigeait sa réquisition. Lorsque ses émissaires vinrent rapporter les faits à Chakib, celui-ci, dans une sorte de colère froide, demanda pour la première fois qu'on lui trouve le numéro de téléphone d'Achraf Labbane, même s'il ne prononça pas tout de suite son nom, l'appelant « leur responsable, celui qui habite dans la rue », avant que Brahim ne lui demande « Achraf Labbane ? » et que le notable répète alors avec humeur : « Oui, c'est ça, Achraf Labbane. » Une demi-heure après, devant plusieurs de ses fidèles réunis dans son salon, il fit composer le numéro par Brahim (et non par Évelyne, comme s'il ne pouvait pas plus demander à sa femme de faire ça que de s'abaisser à l'envoyer elle-même chez les Labbane), et quand il eut l'homme au bout du fil, il salua, se présenta puis immédiatement, sans autre forme de procès, sur un ton distant et professionnel, parla de la maison Smaïra, déclara que c'était inadmissible et qu'il attendait que l'on évacue les lieux. Autour de lui, ses partisans autant que sa femme tentaient de deviner aux expressions de son visage les réactions de son interlocuteur. Ils redoutaient de voir Chakib s'emporter et se mettre à dos le personnage et sa milice si son honneur, sa grandeur et celle de son nom venaient à être bafoués de la part de Labbane. Mais Chakib fut heureusement surpris d'entendre une voix posée, des mots clairs, un ton respectueux. Labbane l'appela même Chakib beyk, ce qui était un excellent signe, il se déclara honoré de recevoir un appel du notable et promit de remédier au problème. Quelques heures plus tard, la maison Smaïra était évacuée, et le soir même une personne venue de la part d'Achraf Labbane sonnait chez les Khattar et remettait à Wadi'a un énorme paquet, un cadeau du responsable sous la forme de quatre douzaines de pâtisseries orientales en guise de regrets et d'excuses pour l'incident.

On pourrait s'étonner de cette marque de déférence de la part du chef de guerre, mais il faut se souvenir qu'à ce moment-là encore, et malgré le rugissement des armes, malgré le chaos généralisé dans le pays et la fin du pouvoir central, les notables conservaient encore leur puissance symbolique. L'ancien monde ne s'était pas encore totalement dissous, et ses lumières, sa pourpre même exerçaient encore une grande fascination. Et puis il est probable qu'en agissant ainsi, Achraf Labbane faisait d'une pierre deux coups et dorait son blason tout neuf en montrant que le FPA n'était en rien hostile aux chrétiens de l'ouest de Beyrouth, une position qui conférait toujours une forme de respectabilité que les organisations miliciennes cherchaient à obtenir comme gage de leur crédibilité politique. À tout cela, qu'il dut bien comprendre, Chakib se montra indifférent, n'appela pas Labbane pour le remercier du cadeau et fit comme si l'intervention du chef du FPA était une chose naturelle, le geste normal d'un féal à l'égard de son seigneur.

La réquisition inquiéta néanmoins vivement les Khattar et vint cristalliser une de leurs principales craintes, celle de voir les populations déplacées massivement de Beyrouth-Est venir s'installer dans le quartier et dans les habitations de plus en plus souvent vides des chrétiens de Marsad, comme elles l'avaient fait ailleurs, à Bachoura et Khandak el-Ghamik. Et c'est ce qui arriva forcément, même si ce ne fut pas de la manière que l'on prévoyait. Durant le printemps de 1978, au moment de la première invasion du Liban du Sud par Israël et quelques jours après l'entrée des chars israéliens sur le territoire libanais, les réfugiés fuyant les combats commencèrent à affluer à Beyrouth. Des familles furent bientôt signalées à Marsad. On les accueillit tout d'abord dans les locaux de l'école publique, mais leur nombre s'accrut rapidement et des groupes menacèrent de s'installer dans les habitations désertées. C'est Brahim et Hasbani qui vinrent alerter Chakib un matin. Avec les deux hommes, il se rendit précipitamment au Club sportif où l'on déchargeait des matelas, des valises et des ballots. Chakib alla chez le moukhtar Awwad qui lui annonça que jusqu'à la veille tout était sous contrôle, mais qu'aujourd'hui des familles voulaient envahir le Club, que les gardiens les en avaient empêchées mais qu'elles convoitaient aussi les maisons vides et avaient déjà occupé celle du docteur Chader. Comme cette dernière était proche de la villa des Matar, Chakib demanda où était Ramzi, le fils de Georges Matar. Celui-ci arriva, avec deux de ses fidèles, mais il n'avait pas l'air pressé. Chakib fut choqué de voir sa taille et son poids, il était petit, rond, avec un triple menton et semblait avoir été tiré de force sinon de son lit du moins d'un fauteuil où il devait se faire limer les ongles et masser les épaules. Après avoir salué Chakib et fait un geste aux autres personnes présentes dans l'austère bureau, il s'assit sur une chaise qu'on lui avança, alors que Chakib, qui était de l'âge de son père, restait debout. Puis il leva ses yeux lourds vers l'éternel concurrent de son clan en déroute et lui demanda : « *Chou, ya* Chakib, que penses-tu que nous devrions faire ? » et sans attendre de réponse, d'une voix traînante de vieux roi fainéant désireux surtout d'en finir et de retourner à ses massages et à ses ongles à limer, quitte à ce que tout ce que son père et ses rivaux avaient construit pendant cent ans partît sans retour et lui avec forcément, il enchaîna : « À mon avis, il n'y a rien à faire, que peut-on faire avec tous ces gens qui arrivent ? » Les regards atterrés se fixèrent sur Chakib qui marmonna quelque chose d'incompréhensible et se dirigea vers la porte, fit un pas à l'extérieur et appela Brahim à qui il chuchota qu'il exigeait qu'on le débarrasse immédiatement de cet idiot, qu'on le renvoie chez lui ou bien il allait faire un malheur. Puis, tandis qu'il rentrait sous le même regard interrogatif des personnes présentes autour de la chaise où était affalé l'héritier des Matar, il dit en riant à ce dernier : « Ton père, ce sacré Georges, a su ce qu'il faisait, il s'est débiné juste à temps », et sans laisser au roi fainéant l'occasion de marmonner avec regret que oui, n'est-ce pas hélas, il sortit, suivi d'Awwad, Hasbani et Brahim, et marcha en direction de la maison Chader.

Les Chader étaient partis deux années auparavant, et leur demeure était presque vide, hormis les grands meubles que l'on conservait de génération en génération, armoires normandes, buffets et meubles à miroirs qui étaient encore intacts quand Khattar entra. Des réfugiés occupaient les lieux, il y avait des ballots, des valises, des matelas enroulés posés sur le sol, le tout encore au milieu de la pièce, comme séparé de l'imposant mobilier des propriétaires, tels deux règnes distincts qui n'étaient pas encore appelés à se mélanger. Chakib en conclut qu'il arrivait à temps. À son irruption, des hommes qui palabraient se turent. Chakib les salua et leur demanda d'où ils venaient. Ils répondirent : « De Bint Jbeil. » Chakib garda le silence un instant, comme pour entourer d'un peu de respect le nom de ce bourg où se déroulaient des combats, puis déclara que cette habitation avait des propriétaires, qu'il en était le gérant provisoire et qu'en conséquence on ne pouvait songer à l'occuper. Le plus âgé parmi les cinq hommes déclara que c'était là la maison de chrétiens, et qu'on les avait autorisés à y pénétrer. « Qui vous a donné cette autorisation ? » demanda Chakib. « Je ne sais pas, dit l'autre, les gens qui tiennent le quartier, j'ignore au juste à quelle organisation ils appartiennent. » Chakib se tourna vers Brahim et celui-ci sortit aussitôt avec Hasbani, tandis que le vieil homme déclarait : « Nous ne toucherons à rien, nous allons rester là quelques jours, pas plus. » « Si l'école ne suffit pas, *ya hajj*, lui répondit Chakib, nous allons vous ouvrir les bâtiments autour de l'église, vous y serez mieux. » À ce moment des éclats de voix retentirent à l'extérieur, puis trois miliciens revêtus de gilets kaki entrèrent en demandant ce qui se passait. « Il se passe, répondit Chakib avec humeur, retrouvant son ton hautain et désagréable, que cette maison a des propriétaires, et que je ne comprends pas qui vous autorise à la laisser occuper ainsi. » Le chef de la bande prit un air offusqué et leva sa kalachnikov en criant, sur un ton de vulgarité affichée : « Qu'est-ce que tu dis ? » Le moukhtar Awwad, qui connaissait le tempérament de Khattar, tenta une diversion en donnant des explications et en essayant surtout de faire résonner plusieurs fois aux oreilles des sbires armés et de leur chef le nom de Chakib Khattar dont il pensait qu'il pourrait les faire réfléchir. Mais Chakib l'interrompit. « Non, *ya* moukhtar, déclara-t-il d'un ton ironique et glacial, tu parles un langage de civilisé, mais ce n'est pas celui que l'on tient avec des gens comme ça. » Puis il souleva du bout des doigts le canon du fusil-mitrailleur qui noircissait d'huile l'élégant tissu de sa cravate. Les réfugiés restaient muets, stupéfaits, craignant un massacre. Awwad sentit la catastrophe approcher et blêmit, un enfant tenta d'entrer dans la pièce mais un des hommes présents, d'un geste impératif de la main, le renvoya à l'extérieur d'où vinrent de nouveaux éclats de voix. Puis Brahim apparut, accompagné de deux miliciens et d'un civil au visage clair, petit de taille, en polo et baskets. Chakib Khattar ne le connaissait pas mais découvrit comment, sur un simple hochement de tête, il contraignit le gars à la kalachnikov à s'effacer devant lui et à sortir avec ses camarades, non sans grommellements et coups d'œil fulminants de tous côtés.

Cette première rencontre de Chakib Khattar avec Achraf Labbane fut l'objet d'une brève polémique, une ou deux heures après l'incident, entre le notable et son fidèle Brahim. Chakib se montra mécontent, prétendant n'avoir pas ordonné que l'on aille chercher le chef de la milice mais seulement que l'on comprenne d'où venaient les autorisations de réquisition des habitations vacantes. Ce qui évidemment agaçait Chakib, c'est d'être à nouveau, et lourdement, redevable à Labbane, qui ne lui sembla guère différent de n'importe quel joueur de trictrac du café Masaad, ni du moindre de ces petits avocats qu'il avait si longtemps fréquentés lorsqu'il avait besoin de régler une affaire d'assurances ou de formalités douanières. Le soir même, le chef du FPA l'appela pour lui annoncer que la maison avait été évacuée et que, si Chakib beyk le lui permettait, il mettrait désormais des gardes devant les demeures désertes, et des patrouilles empêcheraient une récidive. « Vous allez transformer en gardiens de ces lieux les gaillards mêmes qui en ont défoncé les portes ce matin, répondit Chakib. Ce n'est pas logique. » Achraf se tut un instant puis demanda à Khattar de lui faire confiance sur ce point.

Chakib n'avait pas le choix, et il dut laisser la chose entre les mains de Labbane. C'était une situation inédite, car jamais le vieux notable ne s'en était ainsi remis à quelqu'un pour les affaires de Marsad. Durant des mois, néanmoins, il n'y eut plus d'incidents. Sauf que le matin, en sortant pour aller à l'usine, Khattar voyait des types à la mine patibulaire postés devant le portail du jardin déserté des Rjeili, et d'autres plus loin, jouant aux cartes assis sur des tabourets devant la porte du Club sportif. Cela le froissait, mais il n'en laissait rien paraître et il respira mieux lorsque les combats au sud prirent fin et que la protection du FPA se relâcha. Mais le statu quo ne dura pas, et les bâtisses ou les magasins abandonnés par les chrétiens redevinrent très vite l'objet de convoitise de la part de populations errantes ou d'individus soutenus par des milices. Le problème était devenu aigu, d'autant que la trêve éphémère des années 1977 et 1978, où un semblant d'État avait été remis sur pied, était passée. Durant l'année 1979, Chakib dut négocier l'évacuation d'une maison qu'une famille chassée de Nabaa par les milices chrétiennes voulait réquisitionner, puis d'une autre dont des inconnus avaient fait leur quartier général pour fumer des joints et coucher avec des filles de joie. À chaque fois il devait, la mort dans l'âme, appeler Labbane. À chaque fois, le conflit se résolvait, et au bout du compte, il apparut qu'il fallait faire un geste envers le responsable du FPA. Les Khattar, qui avaient méprisé le cadeau que Labbane leur avait adressé, lui envoyèrent à la fête d'Adha un énorme plateau de douceurs et un gros arrangement de fleurs, non sans constater que l'homme fut plus policé qu'eux et les appela pour les remercier. Mais bientôt, le cours des événements sembla aussi échapper au contrôle de Labbane lui-même. Après la période des combats de 1980, Chakib se remit à aller à l'usine où plus rien ne fonctionnait, où les Palestiniens pour un oui ou pour un non faisaient irruption et réclamaient de l'argent, du marbre, des chaises, des couvertures ou des positions pour tirer sur Ayn Chir. Il était donc sur place, un jour vers midi, appelant Évelyne pour l'avertir qu'il rentrerait bientôt. Cette dernière continuait d'avoir de grosses angoisses quand son mari allait ou revenait de Hay el-Bir, parce qu'il avait été plusieurs fois arrêté par des groupes non identifiés qui vérifiaient ses papiers et ceux de Brahim. Leur statut de chrétiens leur valait des sarcasmes et des menaces à peine déguisées, ce qui poussait Chakib à donner de la voix et à s'adresser lui-même aux miliciens de manière si hautaine que l'on finissait toujours par le laisser partir avec des excuses. Il appelait donc Évelyne ce jour-là et c'est elle qui l'avertit que des inconnus s'étaient installés dans les magasins de William Habis.

Ces magasins que les Khattar appelaient « les magasins Habis » appartenaient en fait à Chakib. Ils se situaient au rez-de-chaussée d'une maison que ce dernier avait achetée dix ans auparavant à un dénommé William Habis qui lui devait de l'argent et s'était ainsi acquitté de sa dette. On avait continué par commodité à les appeler du nom de leur précédent propriétaire, et pendant des années, les Khattar y avaient entreposé de petites machines industrielles. Chakib avait tout déménagé au début de la guerre et ils étaient donc vides, et la maison aussi dont les locataires étaient partis se réfugier à Beyrouth-Est. En arrivant à Marsad, Chakib exigea que Brahim le fît passer devant le bâtiment, et il vit alors les rideaux de fer levés – les cadenas avaient dû être fracturés –, mais personne à l'intérieur ni aux alentours. Dans l'après-midi, on vint lui annoncer qu'apparemment les locaux étaient réquisitionnés par des hommes qui disaient appartenir à une organisation prolibyenne. Les jours suivants, Brahim et Yahia Wahid, un sunnite fidèle aux Khattar, tentèrent d'obtenir des informations. Ils apprirent qu'un certain Abou Hani, sans doute un milicien ou quelqu'un qui bénéficiait du soutien de milices, s'apprêtait à établir dans l'ancien dépôt des Khattar un garage de réparation automobile.

C'était la première fois que les biens des Khattar étaient directement visés. Le lendemain, Achraf Labbane, mis au courant, appela pour confirmer qu'Abou Hani était le neveu d'un petit caïd de quartier, à Msaytbeh, et qu'il avait l'appui d'une organisation panarabe connue. Pour la première fois, au téléphone, Labbane sembla tenter de convaincre Chakib de jeter du lest. « Après tout, Chakib beyk, les magasins étaient vides et à l'abandon, et cet homme ne va pas y habiter, on pourrait le laisser monter son entreprise. Il avait une affaire semblable à Ain el-Remmaneh, et les milices chrétiennes l'en ont chassé. » Assis dans son canapé, Chakib écouta placidement, puis répondit qu'il n'y voyait pas d'inconvénient, mais qu'il fallait qu'Abou Hani paye un loyer, c'était la moindre des choses. Labbane se tut. Ce n'était apparemment pas ce qu'il avait prévu. Puis il déclara qu'il allait voir, mais dans la soirée il rappela pour dire qu'Abou Hani refusait.

– Il faut comprendre la situation, Chakib beyk, ce personnage est très remonté contre, disons, les gens qui l'ont chassé de *là-bas*.

– Contre les chrétiens, *ya* Achraf, n'ayez pas peur des mots, dit Chakib.

– Oui, d'accord, avec mes excuses, en effet, c'est ça. Et il estime qu'il se fait réparation lui-même, en s'installant dans des murs appartenant à des chrétiens.

– Et vous trouvez, vous, mon cher Achraf, répliqua Chakib, que je dois moi-même payer pour les bêtises des miliciens d'Ain el-Remmaneh ?

– Bien sûr que non, Chakib beyk, répondit Achraf, nous connaissons tous vos positions, depuis toujours. Mais ces gens-là, ces gens comme Abou Hani, n'en savent rien, cela leur est égal, ils ne cherchent qu'à se faire justice, à l'aveuglette.

Devant l'impuissance d'Achraf Labbane, ou son refus de coopérer, Chakib Khattar se trouva à nouveau seul face à un problème majeur, et d'une certaine façon je crois que cela le satisfaisait. Le lendemain, il envoya Brahim, Hasbani et Yahia Wahid auprès de cet Abou Hani. Lorsqu'ils arrivèrent, le gars avait déjà installé un établi et apporté des outils, il s'occupait à suspendre des chaînes et des crochets aux murs et de jeunes garçons préparaient vraisemblablement de quoi percer un gros trou dans le sol. Les trois hommes saluèrent, Abou Hani passa près d'eux comme s'il ne les voyait pas, revint en donnant des ordres aux jeunes garçons, il était râblé, assez petit, le regard brûlant et peu amène, et empreint aussi d'une timidité agressive. Quand les nouveaux arrivants réclamèrent enfin son attention, il s'arrêta, les toisa et demanda en quoi il pouvait leur être utile. Il avait un revolver glissé dans la ceinture, et en entendant le nom de Khattar il se remit en action, feignant l'indifférence, puis déclara, en accrochant une chaîne à un anneau qui se trouvait là et la tirant vers lui dans un effort qui faisait saillir ses muscles, qu'il n'avait rien à dire, ni à Khattar ni à quiconque, qu'il ne savait même pas qui était ce Khattar et que ces magasins étaient désormais à lui, un point c'est tout.

Le jour suivant, ses proches tentèrent de dissuader Chakib de se rendre en personne sur les lieux. Mais le vieux notable insista : « S'il ne sait pas qui est Khattar, nous allons le lui apprendre. » Il alla à pied, à travers les petites rues, suivi de ses trois compagnons dont deux avaient pris des revolvers. Lorsque Chakib, vêtu d'un costume et d'un léger pardessus, pénétra dans le local les mains dans les poches, observant les transformations de ce qui était un simple entrepôt en garage de mécanique générale, les garçons qui travaillaient pour Abou Hani s'interrompirent et se redressèrent, tandis qu'Abou Hani, qui avait le dos tourné, poursuivait ce qu'il faisait, à savoir accrocher à des clous divers instruments par ordre de taille. Puis il se retourna, passa devant Khattar sans dire un mot, sans même le regarder lorsque celui-ci l'interpella :

– C'est toi, Abou Hani ?

Abou Hani se figea, leva ses yeux brûlants vers celui qui avait parlé et, le regard plein de morgue, répondit :

– Oui, plaît-il ?

– Je suis le propriétaire de ce local, dit Chakib sans se démonter ni enlever les mains de ses poches.

– Il n'y a pas de propriétaire ici, dit Abou Hani en se dirigeant vers une caisse pleine d'outils posée sur un baril et la portant jusqu'au pied du mur où les instruments étaient accrochés par ordre de taille. Le lieu est réquisitionné, c'est tout.

– Par qui l'est-il ? demanda Chakib.

– Par moi, répondit l'homme en se baissant pour ouvrir la caisse.

– Nul ne peut réquisitionner sans mandat, Abou Hani, dit Chakib sans bouger. Mais je suis prêt à trouver un accord avec toi. Je te laisse rester là, mais tu me payes un loyer. Un loyer symbolique, mais je souhaite que les choses soient faites dans les règles.

– Va dire à tes amis de Beyrouth-Est de faire les choses dans les règles, et après viens m'en parler, répliqua Abou Hani sans cesser de s'affairer avec ses outils, le dos tourné.

À ce moment, Yahia Wahid intervint assez malencontreusement.

– Tu pourrais au moins te retourner quand tu parles aux gens, dit-il à Abou Hani sur un ton agressif.

Avant que Chakib ait eu le temps de tendre la main pour calmer l'ardeur de son compagnon, Abou Hani fonça, furieux, vers Yahia, en le mettant au défi de répéter ce qu'il venait de dire. Chakib s'interposa :

– *Ya* Abou Hani, nous sommes venus trouver avec toi un arrangement, il est inutile de s'emporter.

– Aucun arrangement n'est possible, je vous le répète, dit l'autre. Et maintenant allez-vous-en, vous m'empêchez de travailler.

– Si nous n'arrivons pas à un arrangement, Abou Hani, dit Chakib, il te faudra partir d'ici.

À ces mots, Abou Hani entra dans une colère noire, fit un pas de côté, sans doute pour prendre son arme, mais des passants attirés par l'altercation le retinrent, sans pouvoir l'empêcher de crier :

– Partir, partir, c'est toi qui vas partir, espèce de chien, va rejoindre tes amis à Beyrouth-Est, c'est ce que tu as de mieux à faire, ou alors c'est moi qui t'y enverrai bientôt.

Entre-temps, Brahim et Yahia s'étaient mis devant Chakib pour le protéger, des badauds tentèrent de le faire reculer pour le mettre à l'abri, mais Chakib refusa de bouger, repoussa Brahim et Yahia, et déclara, en haussant la voix :

– Si tu ne viens pas signer chez moi un contrat d'ici trois jours, je t'expulserai de ce local où tu n'as pas le droit de te trouver.

Puis il se retourna enfin et sortit, tandis qu'on essayait d'empêcher Abou Hani de saisir son arme.

Évidemment, l'homme ne vint pas, ni le lendemain ni durant les trois jours impartis. Au contraire, il poursuivit son installation et peignit même sur le mur à côté du local le nom de son garage. Entre-temps, et pour la première fois, Évelyne déclara qu'elle avait peur. Julie exigea que ses parents viennent chez elle pour quelques jours. Et puis Achraf Labbane appela pour obtenir la version des Khattar à propos de l'affaire. Quand Chakib eut achevé son récit, Labbane se tut, puis demanda comment Chakib pensait pouvoir expulser Abou Hani.

– Ne vous en faites pas, Achraf, je ne vais pas vous demander de le faire, répondit Chakib en riant. C'est moi qui m'en occupe.

– Mais comment, Chakib beyk ? insista Labbane.

– C'est mon affaire, répondit Chakib. Tout ce que je réclame, c'est que vous ne preniez pas le parti de cet individu.

– Ce n'est pas dans mes habitudes, Chakib beyk, répliqua Achraf. Mais je suis inquiet. Je ne pourrai rien faire pour vous aider si vous vous mettez dans une position délicate. Comprenez-moi.

– Je vous comprends très bien, cher Achraf, dit Chakib. Mais répondez à deux questions.

– Je vous écoute.

– Cette maison Habis, elle m'appartient, n'est-ce pas ?

– Évidemment, Chakib beyk.

– Et je suis libre d'en faire ce que je veux ?

– Naturellement.

– Alors je vous remercie, cher Achraf. Je voulais juste vous l'entendre dire, conclut Chakib.

Trois jours après, deux pelleteuses et deux bulldozers d'une société où Chakib avait des actions et qui appartenait à un ancien allié politique sunnite des Khattar, entrèrent dans la rue de l'école publique où se trouvait la maison William Habis. Puis ils se frayèrent un chemin dans la petite impasse qui en jouxtait les murs ouest, et s'attaquèrent par l'arrière à son jardin en friche depuis des années. Ils arrachèrent les arbres, écrabouillèrent le vieux bassin à sec, et défoncèrent ensuite la maison, toujours du côté opposé à la rue. Deux journées durant, sous le regard des riverains stupéfaits, ils abattirent les murs et envoyèrent au sol l'étage entier, avec ses dallages aux motifs en arabesques. Puis, comme de grosses araignées, les bulldozers grimpèrent sur les gravats pour achever à coups de pelle le travail, si bien qu'au bout du troisième jour la maison Habis était devenue une simple façade, un décor de théâtre autour des magasins d'Abou Hani, tandis qu'à l'arrière ce n'était plus qu'un bâtiment éventré. Les bulldozers s'arrêtèrent de progresser de peur de casser les derniers murs et de se retrouver dans le garage du milicien. Durant toute l'affaire, ce dernier n'avait pas bougé, croyant à une forme d'intimidation à laquelle il n'était pas prêt à céder. Il n'accorda pas la moindre attention aux conducteurs des énormes engins qui vrombissaient dans son dos, et qui par moments marquaient une pause pour causer ou pour prendre leurs repas. Et quand les bulldozers s'arrêtèrent le troisième jour, il pensa que ça y était, qu'ils n'iraient pas plus loin. Il fanfaronna devant les riverains qui apparemment ne l'aimaient pas beaucoup, il reçut son premier client et sa voiture, celle d'un cousin à lui ou celle d'un de ses collègues de l'organisation prolibyenne. Mais le soir du quatrième jour, après que l'homme, très sûr de lui, eut fermé son garage en rabattant les rideaux de fer auxquels il avait apposé de nouveaux cadenas, les coups de boutoir reprirent, une pelleteuse avança dans le passage aménagé par les bulldozers et défonça par l'arrière le mur du fond du local réquisitionné, après quoi les monstres d'acier progressèrent et emportèrent le garage et tout ce qu'il y avait dedans, les établis, les instruments, les caisses d'huile et les barils, si bien qu'au milieu de la nuit le bâtiment tout entier n'était plus qu'un amas de ruines.

Au matin, les Khattar reçurent plusieurs de leurs proches qui venaient dire leur joie à la destruction du garage de l'insolent milicien, leur admiration pour la fermeté de Chakib ou leurs craintes d'éventuelles représailles. Évelyne n'était pas rassurée et écoutait les uns et les autres en se tordant les mains. Achraf Labbane téléphona enfin. Chakib prit l'appel et entendit le responsable lui dire son incrédulité :

– Vous avez détruit une maison qui vous appartient, au lieu de négocier avec ce personnage, Chakib beyk. Vous avez vos méthodes. Mais j'espère seulement que cela n'aura pas de conséquences. Cette organisation est peu structurée. Ce sont surtout des voyous. J'espère que tout ira bien.

– Quoi qu'il arrive, *ya* Achraf, répondit Chakib, j'en prends la responsabilité. Je ne pouvais rester sur cet affront.

– Vous auriez pu être plus souple, Chakib beyk, dit Labbane. Vous oubliez trop facilement que les temps ont changé.

– Je n'oublie rien, mon cher Achraf. Et en particulier que vous ne ferez pas un geste pour m'aider. Mais je ne crains rien.

Labbane et certains des partisans de Khattar avaient raison, et les peurs d'Évelyne étaient justifiées. Le surlendemain de l'action contre Abou Hani, une formidable explosion emporta les vitres chez les Khattar et dans tout le voisinage, tandis que des cris et une épaisse fumée montaient de la rue. Tout le monde se précipita aux balcons, la fumée empêchait de voir ce qui s'était produit, et finalement les hommes de Chakib vinrent annoncer que la voiture des Khattar avait été dynamitée. Trois jours après, une nouvelle explosion, moins puissante cette fois, emporta le portail d'entrée du jardin. Le soir, Michel appela pour exiger que ses parents vinssent s'installer chez lui à Achrafieh. « Prends ta mère, déclara le vieux notable à son fils, mais moi, je reste ici. Je n'ai pas fait tout ça pour m'enfuir à la première alerte. » Bien entendu, Évelyne refusa de partir sans son mari, même pour quelques jours. Il apparut bientôt que ces explosions étaient une forme de vengeance d'Abou Hani, mais Chakib refusa néanmoins d'appeler Labbane. Ce dernier devait estimer que les choses allaient trop loin dans un quartier où il habitait lui-même et contre un notable chrétien avec qui il avait des relations cordiales. Il multiplia les gardes devant les immeubles de la rue et devant chez les Khattar, et appela ce dernier pour le rassurer, ce qui n'empêcha pas qu'un soir où Chakib et Évelyne veillaient seuls, on frappa à la porte. C'était inhabituel, d'autant que des fidèles faisaient le guet dans le jardin et dans la rue. Mais on apprit plus tard que les individus masqués qui se présentèrent étaient arrivés par l'arrière, en passant par des cours d'immeubles dont ils avaient fracturé les portes, puis en escaladant les murs, et avaient pénétré par les fenêtres des communs. Wadi'a, relativement confiante, demanda qui était là. N'obtenant pas de réponse, elle ouvrit. Face à elle, dans l'encadrement de la porte, une tête encagoulée l'observait, marmonnant des mots incompréhensibles à travers une ouverture pour la bouche. Elle poussa un cri d'effroi et dans un réflexe claqua si violemment la porte au nez de l'intrus qu'elle pensa l'avoir envoyé au tapis. Puis elle se réfugia dans le salon en gesticulant sans pouvoir articuler un mot, tandis que des coups étaient donnés à la porte, accompagnés de cris rauques. D'après la brève enquête que mena plus tard Achraf Labbane, il semblerait que l'opération était essentiellement destinée à terroriser les habitants de la maison. Mais c'était compter sans le sang-froid de Chakib Khattar. En quelques secondes, il avait saisi l'arme de poing qui désormais ne le quittait plus et, se dirigeant vers la porte, hurla que si on ne déguerpissait pas, il allait tirer. Évelyne se tenait à trois pas de lui, et ne bougea pas malgré les mimiques de son mari lui enjoignant de se réfugier du côté des chambres, tandis que les bonnes, à la vue de l'arme du maître, s'étaient déjà enfuies dans les pièces intérieures en piaillant. Dehors, l'individu frappait de nouveau violemment contre la porte, mais soudain un tonitruant vacarme éclata, que les murs de la maison répercutèrent comme une série de terrifiants aboiements. C'était Chakib qui tirait des coups de feu contre la porte d'entrée de sa propre maison. Dans le vacarme assourdissant qui lentement se dissipa, du bruit monta de la rue, puis dans les escaliers, signalant que l'on venait à la rescousse. Une heure après, alors que tout chez les Khattar était sens dessus dessous, que les femmes, blêmes, reprenaient lentement leurs esprits, toutes réunies et se prenant dans les bras pour se soutenir et se réconforter, Labbane appela Chakib pour lui annoncer que les intrus avaient été neutralisés et Abou Hani arrêté. À l'aube, pour la première fois de sa vie, le chef de guerre entra chez les Khattar pour une brève visite et annonça que les responsables de l'affaire avaient été interrogés, rossés et menacés de mort s'ils étaient à nouveau aperçus dans le quartier, ce qui signifiait que l'on pouvait désormais être tranquille.

11

L'alliance singulière entre Chakib Khattar et Achraf Labbane, scellée par l'affaire Abou Hani, permit une stabilisation de la situation communautaire à Marsad. Les Khattar prirent même l'habitude de recevoir chez eux le chef du FPA, lors de soirées en petit comité, avec leurs derniers partisans et quelques-uns de leurs courtisans encore présents dans la région. Ils n'organisaient plus de soirées mondaines, bien sûr, mais seulement de petits dîners sans fioritures pour se distraire, et Labbane y fut convié. Il devint presque un familier, parce que Chakib en avait décidé ainsi et qu'il le fallait. D'avance, sa femme et lui se résignèrent placidement à tout, à ses manières probablement roturières, à son épouse si toutefois il en avait une, ce qu'Évelyne redoutait le plus. À leur grande surprise, ils n'eurent à faire aucun effort, découvrant un homme aimable, courtois et qui eut le tact immense de respecter les convenances et de se faire modeste en entrant dans la demeure des vieux notables. Très vite, Chakib l'adopta. Flatté, Achraf fut sans doute heureux de son côté de s'asseoir dans les fauteuils où s'installaient naguère les anciens présidents du Conseil et les anciens chefs d'État, il écoutait volontiers Chakib en évoquer le souvenir, et racontait modestement que lui, à ces époques, était un gamin, expliquant que lorsqu'il allait au bout de la rue attendre le car de ramassage scolaire il lorgnait la sortie de la voiture des Khattar, et comment, avec ses camarades, il était tombé amoureux de Simone à qui il n'avait jamais osé adresser la parole. Au début, les Khattar furent très embarrassés de ne pas se souvenir de sa famille, ni qu'elle habitait le quartier depuis une décennie, mais Achraf ne sembla pas s'en formaliser. Et puis il jouait admirablement au bridge, ce qui le fit grimper très vite dans l'estime de Chakib. « Vous jouez à des jeux de bourgeois occidentaux, *ya* Achraf, ce n'est pas bien », plaisantait ce dernier en choisissant toujours le chef de milice pour partenaire. « On a tous nos faiblesses, Chakib beyk », répondait Labbane en s'installant en face du notable.

Durant cette période, Chakib réussit à redresser les affaires à l'usine où les commandes, dans un pays en conflit permanent, s'étaient encore accrues. Mais il travaillait seul, Michel ne venait jamais, prétextant que les lieux étaient infréquentables, et répétait qu'il fallait déménager les locaux. Cela n'agaçait même plus son père, qui déclarait en riant : « Je déménagerais bien cette usine à Kfarchima ou Hadat rien que pour le plaisir de l'emmerder, parce qu'il ne pourra plus inventer n'importe quoi afin de ne pas venir travailler. » Or évidemment il n'en fit rien, bien au contraire il s'obstina à reconstruire trois ou quatre fois les murs de son entreprise touchée dans les combats ou pillée par les diverses milices. Il racheta des polisseuses que des obus avaient détruites et fit restaurer dix fois la grande grue qui à chaque fois, obstinément, se remettait en marche. Le marbre arrivait et les grandes scies recommençaient inlassablement leur va-et-vient sous ses ordres. Il travaillait dans des locaux où du plastique avait remplacé les vitres, et se promenait toujours aussi fermement au milieu des machines dont le vacarme parfois couvrait les coups de feu qui éclataient dehors, lors des incessants accrochages qui émaillaient ces jours difficiles.

Et puis Chakib s'occupa aussi des affaires de Kfar Issa. Dans ce bourg grec-catholique perdu au cœur d'un environnement chiite, la situation était également difficile. Dès le début de la guerre, les gens du village connurent enlèvements, perquisitions et menaces. Cette insécurité, exacerbée par la peur de représailles chaque fois que les milices chrétiennes se livraient ailleurs dans le pays à des exactions ou s'en prenaient à des musulmans, poussa nombre d'habitants à se réfugier à Zahlé ou même à Beyrouth. En quelques mois, le bourg perdit la moitié de ses habitants, et sur les terres des Khattar le régisseur partit avec sa famille. Par l'intermédiaire de son avocat à Zahlé, Chakib parvint à lui trouver un remplaçant, mais il n'avait à ce moment de craintes que pour Lamia. Cette dernière, avec toute l'obstination qu'on lui connaissait, refusa de quitter les lieux et demeura sur les terres des Khattar dont elle devint en réalité le véritable gérant. Abou Khalil, l'homme que l'avocat avait trouvé pour remplacer le régisseur, était l'ancien journalier qui travaillait chez les Khattar depuis trente ans. Depuis trente ans, il arrivait à l'aube à motocyclette et repartait dans l'après-midi après avoir accompli toutes les tâches imaginables sous la direction des divers fondés de pouvoir. Le choisir était un pis-aller : s'il connaissait les arbres comme lui-même, ainsi que la terre, l'eau, la source des vents et l'emplacement des étoiles, il était incapable de la moindre initiative. Il avait toujours vécu comme ouvrier, et était habitué à courber l'échine devant les beyk et les gros propriétaires. Dès l'instant où il prit ses nouvelles fonctions, il se courba devant les miliciens et tout ce qui portait barbe, treillis, ou avait un air patibulaire et le verbe haut et vulgaire. Très vite, il apparut qu'on ne pourrait se fier à lui, sans compter qu'il lisait mal et s'embrouillait dans les calculs. Chakib se mit alors à expédier à Lamia l'argent nécessaire pour les travaux, lui demandait les reçus, lui envoyait des mots et des consignes, et Lamia dirigea implicitement le domaine. L'année était difficile, aucun grossiste n'avait acheté la récolte et il fallait tenter d'écouler tant bien que mal les produits à travers les halles de Zahlé et de Baalbek, ce qui n'était pas une mince affaire en pareilles circonstances. Mais la veuve d'Abdallah Chahine s'occupa de tout. Elle décidait de ce qu'il fallait faire au jour le jour, recevait les ouvriers, payait les camionneurs, discutait et négociait pour chaque cargaison, inspectait les arbres, les rigoles, se levait à l'aube quand il fallait arroser et surveillait le travail depuis le bord des champs. Le soir, dans sa chambre, sur son unique table, elle faisait des calculs pour les dépenses sur un cahier qu'elle avait trouvé dans les affaires de son fils. Mais tout cela n'était rien, et elle dut aussi se battre sur un autre front et résister aux pressions multiples, au racket et au vol organisé. C'est Abou Khalil qui était censé recevoir et renvoyer les hommes venus toucher les divers impôts révolutionnaires ou les frais pour effort de guerre, mais s'il ne manquait pas de courage, il n'osait affronter ces gens-là, il avait tendance à payer trop facilement, à donner des caisses de fruits, de l'argent, des instruments ou du bois, si bien que Lamia finit par s'emporter contre lui et se fit adresser les divers visiteurs, qu'au contraire de lui elle recevait toujours avec un air impatient, ne les faisant pas asseoir, les écoutant en s'occupant d'autre chose puis déclarant qu'elle n'avait aucun mandat pour payer quoi que ce soit. Généralement, ils repartaient un peu désarmés par la hardiesse de cette femme, mais en menaçant toujours de revenir. Or, Lamia avait plus d'un tour dans son sac, elle avait gardé des relations avec les anciens amis de son mari ou avec leurs descendants qui étaient maintenant des chefs de clan dans le Hermel, ou des gradés dans des organisations de gauche, voire palestiniennes. Elle évoquait leurs noms, déclarait qu'elle en référerait à tel beyk, tel colonel de l'ALP, tel chef de clan de Baalbek et cela faisait déguerpir les intrus. Pourtant, un jour, elle dut s'interposer entre la villa des Khattar et un chef milicien qui était entré à la tête d'une petite colonne de voitures militaires, dans le but d'occuper les locaux et d'y installer un poste d'état-major. Après d'inutiles palabres, il exigea qu'on lui ouvrît la maison et se dirigea vers la porte, suivi de plusieurs de ses compagnons en armes. Lamia se mit devant l'entrée, barrant le passage, le toisa avec une indifférence froide et lui demanda si, pour arriver à ses fins, il allait la piétiner et permettre à ses hommes de le faire après lui. Un air si distant gela le zèle de l'officier qui recula, puis décida de laisser un véhicule et deux gardes sur place et partit soi-disant pour réfléchir mais ne revint jamais.

À Kfar Issa, l'histoire fit sensation et entra dans la légende. Je ne suis pas capable d'y démêler le vrai du faux, tout comme il m'est impossible de savoir si, comme on le raconta aussi, Lamia circulait à cheval dans le domaine, sur l'une des deux bêtes qui demeuraient dans le haras, si elle le pouvait encore à son âge, si ce n'étaient pas des racontars et autres fantasmes de citadins, de Simone et de Hamid bien plus tard, ou le résultat de ma propre interprétation des faits. Je ne sais pas non plus s'il est vrai qu'elle surprit un jour deux miliciens hagards et un peu ivres dans les écuries, et qui voulaient faire de l'équitation. On a souvent prétendu que ces deux larrons ne savaient pas monter. L'un d'entre eux aurait enfourché une jument, qui l'envoya au sol. De colère et par bêtise, ou sous l'effet de quelque stupéfiant, il voulut l'abattre et Lamia fit alors un geste brusque, le cheval se cabra, obligeant le garçon à reculer tandis qu'elle-même enfourchait l'autre monture, saisissait l'intrus par le col de sa chemise et l'entraînait sur plusieurs mètres avant de le lâcher et de voir arriver Abou Khalil à la rescousse. Tout cela fit d'elle un personnage de roman, ce qu'elle était indubitablement. Quand Chakib venait à Kfar Issa (mais il y venait rarement à ce moment-là, les routes étaient dangereuses, il devait se faire accompagner ou appeler à l'avance pour qu'on l'attende à Chtaura ou à Zahlé, et ces trajets étaient longs et éreintants), il l'écoutait lui faire son rapport en l'observant avec une admiration presque immodérée, et lui demandait si elle n'avait pas peur de vivre ici toute seule. Lamia ne devait certes pas être à la fête tous les jours. La chambre du régisseur était éloignée, et si des hommes à la mine patibulaire étaient passés durant la journée, le souvenir de leur regard inquiétait ses nuits. Leurs menaces, même muettes, trottaient dans sa tête, et l'on peut supposer que le moindre bruit à l'extérieur la faisait sursauter, elle qui avait vécu quarante ans seule en ces lieux. Le bruit du vent devait lui faire hausser les sourcils, les craquements de l'avocatier derrière la maison lui faire battre le cœur et parfois le cri d'un hibou lui étreindre la poitrine et lui donner de funestes pressentiments, elle qui pendant des lustres s'était moquée des femmes de la région qui entendaient des présages de malheur dans ce hululement sombre et lointain. Je ne sais pourquoi j'imagine que la seule chose qui devait la rassurer, la nuit, c'était de sortir et de se mettre sous l'immense scintillement du ciel qui la rendait sereine et lui rappelait l'incroyable petitesse des affaires quotidiennes de ce monde. Elle marchait un peu sous les milliers d'étoiles et elle pouvait alors en rentrant s'endormir d'un coup. Et puis, d'après un récit qui est resté dans toutes les mémoires, elle sortit une nuit avec un fusil parce qu'elle était persuadée qu'il y avait quelqu'un. Ce fusil, elle dut le descendre de la villa, un jour que, comme elle le faisait une fois par mois depuis quarante ans et n'avait pas cessé alors de faire, elle avait ouvert la maison des Khattar, l'avait aérée, avait sorti les tapis et déhoussé les meubles. Mais cette fois-là, tandis que dans les vergers les ouvriers cueillaient les prunes et que des camionnettes chargées passaient sous la terrasse, elle était allée vers l'une des armoires, dans le corridor des chambres à l'étage, l'avait ouverte, s'était tenue devant la grande panoplie des fusils de chasse des Khattar et en avait choisi deux parmi ceux que son mari lui avait naguère appris à utiliser. Dans cette période où on se tirait dessus au canon, un fusil de chasse était une blague. L'avocat qui venait la voir et lui apportait les consignes et l'argent des Khattar, mais aussi les habitants du village qui lui rendaient visite lui avaient proposé des armes de poing, mais elle avait refusé. Le fusil de chasse devait la rassurer et elle l'utilisa donc ce fameux soir, sans doute au début de l'automne de cette année 1976 où la défaite des Palestiniens et de leurs alliés devenait patente et où l'on craignait des représailles de la part de miliciens rescapés de batailles perdues. Il dut y avoir du bruit et des chuchotements du côté des écuries. Lamia demeura figée, se mordillant les lèvres, puis elle se résolut enfin et sortit, armée d'un des deux fusils chargé, un châle par-dessus sa chemise de nuit, les cheveux défaits, pieds nus. Je l'imagine qui marche comme une somnambule en direction du bâtiment. Elle entend des voix, lance une sommation, un cri lui répond et alors, paniquée, elle tire deux coups qui résonnent longtemps dans la nuit. Le lendemain, le régisseur, le moukhtar et plusieurs hommes de Kfar Issa accoururent aux nouvelles, on chercha dans les vergers et du côté des terres à blé et à maïs, on trouva des traces d'intrusion mais rien d'autre.

Quand tout cela s'acheva, et que l'armée syrienne mit la main sur une partie du pays, Chakib recommença à venir plus souvent. Il dut s'occuper de payer des colonels et des généraux de l'armée syrienne pour se garantir contre les embêtements et pour assurer la circulation de ses marchandises, puis il reçut à nouveau les grossistes. Quand le défilé des villageois accourus pour le saluer cessait et que partait son régisseur, il demeurait sur sa terrasse bien-aimée en compagnie de Lamia. C'est à cette époque que débutèrent aussi les visites de courtiers ou d'inconnus qui venaient demander si le domaine était à vendre. C'était tantôt un négociant en bétail, tantôt un commerçant de Baalbek, et Chakib s'interrogea pour savoir s'il n'y avait pas là-dessous quelque manœuvre de mafieux locaux soutenus par des officiers syriens. Il réactiva ses donations aux chefs militaires qui tenaient la région, puis annonça qu'il ne recevrait plus d'acheteurs. Mais cela se mit quand même à le travailler. Malgré son excellente forme, il allait sur ses quatre-vingts ans, le devenir de ses terres de la Bekaa le taraudait. Il savait pertinemment que tout, l'usine, les terres de Marsad, les immeubles et les magasins, serait dilapidé après sa mort, mais l'idée que le domaine de Kfar Issa pût l'être aussi lui déchirait le cœur. Ses enfants se désintéressaient de ce lieu où il avait, lui, vécu les plus beaux moments de sa vie. Michel et ses deux sœurs aînées redoutaient de venir à Kfar Issa comme ils redoutaient d'aller à Marsad. Dans leur imagination l'endroit était devenu aussi éloigné et inhospitalier que le désert de Gobi ou les forêts amazoniennes, les routes étaient dangereuses et les populations musulmanes plus redoutables à leurs yeux que des Jivaros. À ce train, il ne faisait pas de doute qu'ils finiraient par brader le domaine, qu'ils le vendraient au premier venu, mafieux, nouveau riche, chef de guerre à la fortune douteuse ou trafiquant d'armes rêvant de se constituer un blason en achetant des propriétés à l'abandon. Tout cela faisait souffrir le vieux chef, il y pensait sans arrêt et, petit à petit, une idée lui vint, une idée qui se mit à le hanter au point qu'un soir, à Marsad où il avait sa sœur et son beau-frère à dîner, il appela ce dernier Hamid, par un lapsus qui plongea l'assistance heureusement restreinte dans un drôle de silence. Finalement, un jour qu'à Kfar Issa il avait Lamia en face de lui sur la terrasse, il lui annonça sans crier gare :

– Je vais vendre le domaine.

Il le dit sèchement, dans l'espoir de faire pâlir l'unique femme qu'il ait jamais aimée et qu'il n'avait jamais réussi à mettre à sa merci. Mais Lamia ne broncha pas. Elle demeura silencieuse, détournant juste le regard, mais c'était parce qu'un ouvrier passait et faisait crisser le gravier sous ses pas.

– À qui ? demanda-t-elle en ramenant son regard vers Chakib.

– À ton fils, répondit-il sans hésiter.

Cette fois, Lamia ouvrit de grands yeux.

– Tu l'as contacté ? demanda-t-elle.

– Non, répondit Chakib. C'est par toi que je vais le faire. Je compte sur toi pour le convaincre.

– Il n'en est pas question, dit-elle. Non seulement je ne t'aiderai pas, mais je n'accepterai pas que tu lui vendes tes terres.

– Mais je vais les lui vendre à un prix symbolique, dit Chakib. En fait, je les lui laisse, à lui. Il est la seule personne que je supporte de voir hériter de ces lieux. Il acceptera, ne serait-ce que par respect pour ce que tu as fait ici, et parce qu'il est né sur ces terres, que tu as tout fait pour en préserver l'intégrité, toi, seule, durant ces années passées.

– Ce sont encore tes vieux remords, Chakib, dit Lamia sans même réfléchir. Et il n'est pas question que je t'aide à te donner bonne conscience. Je te l'ai déjà dit.

– Cela n'a rien à voir avec des remords, Lamia, insista Chakib froidement. Cela a à voir avec le fait que ces terres sur lesquelles toi et moi, et Abdallah avant nous, avons régné ne doivent pas se retrouver en des mains étrangères, et c'est exactement ce qui arrivera si mes enfants héritent du domaine. Ils n'en ont que faire, tu le sais bien, cela tombera entre les mains d'inconnus, et tout sera perdu.

Lamia demeura alors silencieuse un instant, regarda

au loin à travers Chakib et c'était la première fois que Chakib la voyait si rêveuse. Il pensa qu'il allait enfin obtenir d'elle ce qu'il voulait.

– Si tu veux laisser le domaine à Hamid, dit-elle enfin, fais-le dans les règles. Mets-le dans ton héritage, comme tu aurais fait pour tes autres enfants. Alors, il acceptera.

– Tu parles à sa place, Lamia, dit Chakib.

– Peut-être. Mais cette affaire me concerne aussi, tu ne trouves pas ?

– Tu sais bien que je ne peux pas le mettre sur l'héritage, c'est impossible.

– Hamid est ton fils ou pas ? dit-elle.

– Et que fais-tu de la mémoire d'Abdallah ? demanda Chakib.

– Tu es de mauvaise foi, Chakib. Ce genre de scrupules ne te vient que quand ça t'arrange.

– Il me faut une réponse, Lamia. Vas-tu parler de cette proposition à ton fils ?

– Non, répondit Lamia. Je ne le ferai qu'aux conditions que j'ai dites.

D'après mes calculs, cette conversation dut se tenir vers l'été 1981. Quelques mois après, les choses dans le pays sombrèrent à nouveau dans le chaos. Il y eut tout d'abord la désastreuse invasion israélienne, puis tout ce qu'elle engendra. Après le départ des organisations palestiniennes et la brève période de paix qui s'ensuivit, la guerre civile reprit en 1983 avec une violence et une barbarie nouvelles. Durant plusieurs jours, les Khattar eurent l'impression que les combats et les bombardements avaient lieu dans leur rue, ce qui n'était pas le cas. Pourtant les vitres volaient en éclats, les explosions submergeaient tout de leur vacarme, leur puissance ébranlait les fondements de la maison et faisait ouvrir des grands yeux terrorisés à ceux qui étaient présents. Chakib refusa évidemment avec un flegme absurde de se réfugier dans les abris, tout en exigeant que sa femme et son personnel s'y rendissent. Évelyne ne voulait pas y aller non plus, cependant la brutalité affreuse des explosions l'effraya tant qu'elle finit par s'y résoudre mais seulement la nuit, et on lui aménagea dans une chambre du rez-de-chaussée (elle refusa d'aller plus bas) une pièce où elle put dormir dans la chaleur éprouvante et les moustiques. Chakib veilla alors seul là-haut avec Brahim et Yahia Wahid, à jouer aux cartes à la lumière de chandelles, un vieux transistor à piles sous la main. Plusieurs fois, Achraf Labbane, invisible durant cette période, envoya ses hommes porter de l'eau et du pain chez les Khattar. Durant la journée, Chakib tentait d'avoir des nouvelles de l'usine, mais les téléphones ne fonctionnaient presque plus, et les rares appels étaient ceux de Michel ou de Julie qui suppliaient leurs parents de sortir de Marsad. Tout le monde craignait que les massacres entre chrétiens et Druzes dans la montagne ne provoquent des réactions incontrôlables des milices musulmanes à l'encontre des derniers chrétiens de Beyrouth-Ouest, et les beaux-frères de Chakib, généralement circonspects dans les conseils qu'ils lui donnaient, tentèrent de le raisonner sur ce point. Chakib, pour couper la poire en deux, voulut convaincre sa femme de partir, avec Wadi'a et les bonnes, mais Évelyne refusa une fois de plus. « On part ensemble ou on reste ensemble », décréta-t-elle, et personne ne partit.

Lorsque après cela la trêve revint, les choses avaient changé. Des milices nouvelles et des organisations encore peu connues firent leur apparition à Marsad comme dans toute la partie occidentale de la ville. Cela inquiéta Chakib qui ne parvenait pas à comprendre la position de Labbane, qui d'ailleurs demeurait difficile à joindre. Et puis un matin, une formidable montée d'adrénaline fit de nouveau redouter des accrochages. Des hommes armés couraient dans tous les sens tandis que les commerçants de la rue principale fermaient leurs rideaux de fer dans la précipitation, et bientôt l'aboiement violent des coups de feu se déclencha. La panique se répandit chez les Khattar, les femmes se précipitèrent vers les chambres où l'on n'était même plus protégé parce que les combats semblaient se dérouler de tous les côtés à la fois. Les organisations locales se battaient vraisemblablement entre elles, on ne savait qui tirait sur qui ni pourquoi, l'espace sonore était saturé du vacarme des coups de feu qui, au bout d'une heure, cessèrent sans que leur vrombissement retombe complètement. Lorsque enfin le silence revint, l'extérieur semblait plongé dans une étrange prostration, puis il y eut des voitures passant à toute allure, puis des voix dans la rue et au bout d'une heure Chakib arriva de l'usine. Les nouvelles qu'il obtint en débarquant n'étaient pas bonnes. Les miliciens du FPA s'étaient entretués, ceux de Bassam Chahrour avaient pris d'assaut les permanences tenues par les fidèles de Labbane et les en avaient délogés, et on disait Labbane mort. Puis on rapporta qu'il était juste blessé, puis une heure après qu'il était en fuite, avant que lui-même n'appelle enfin les Khattar. Il était encore chez lui mais ce qu'il raconta n'était pas très encourageant. Les putschistes avaient pris le dessus, ils avaient mis eux-mêmes le feu aux poudres et tenaient à présent le quartier.

Ces informations n'arrangèrent nullement les Khattar, ni personne en vérité. La région vit petit à petit s'instaurer, comme partout désormais, le règne de petits caïds et de leurs hommes, dont les noms et les méfaits émaillaient les conversations des visiteurs de Chakib. L'arbitraire qui plus que jamais devint la règle fit encore partir nombre de familles chrétiennes qui voulaient éviter les réactions inconsidérées de ces milices au moindre incident, une priorité à un croisement, une affaire de concierge ou une querelle de voisinage. Parfois, Chakib recevait des partisans qui projetaient de vendre leurs biens. Ils venaient par convenance lui apprendre la mauvaise nouvelle, ou parfois pour prendre conseil. Chakib ne pouvait que déplorer leur décision (« Tu as reçu un excellent prix, Jamil, tant pis, vends, c'est une bonne occasion ») ou essayer de les dissuader ou de les faire réfléchir (« Tu ne peux pas attendre un peu, *ya* Melhem, la situation va peut-être s'arranger » ou « Pourquoi tu ne m'as pas parlé plus tôt de ça, *ya* Mitri, le *waqf* aurait peut-être acheté ta propriété et le terrain »). Mais les vexations étaient de plus en plus fréquentes. Chakib en avait vent tous les jours de la part des derniers courtisans qui venaient encore s'asseoir chez lui, dîner et jouer aux cartes. Un générateur bruyant installé délibérément devant leurs fenêtres et qui les étouffait sans qu'ils pussent rien dire poussa les Raad, d'anciens partisans des Nassar, à quitter leur maison. Le frère du vieux barbier Barghout, qui était parti quelques jours avec sa femme chez son fils à Beyrouth-Est, trouva à son retour son appartement occupé par une famille arrivée de Sin el-Fil d'où les milices chrétiennes l'avaient contrainte à la fuite. Une charge d'explosifs fit sauter la devanture du magasin de Chekri Lebbos, un des derniers commerçants chrétiens de la rue principale. Les Raad, le frère du barbier Barghout ou Chekri Lebbos se plaignirent chez Chakib, mais celui-ci ne pouvait plus rien faire. Face au nouveau pouvoir de la rue, l'ancien pouvoir politique des Khattar était caduc. Leurs anciens alliés sunnites n'avaient plus leur mot à dire non plus, ils s'étaient discrédités politiquement durant la phase précédente et n'avaient aucune prise sur les milices issues des combats de 1983. Quant à Achraf Labbane, il était hors course, conservant deux ou trois fidèles pour monter la garde devant chez lui et c'était tout. Chakib tenta pourtant d'entrer en contact avec Chahrour, puis avec d'autres chefs plus puissants, mais en vain. Il comprit sans doute à ce moment que les temps avaient définitivement changé et qu'il ne pouvait plus rien pour sa clientèle, se résolvant sans broncher à laisser les Raad et le frère du barbier partir après avoir vendu leurs biens pour une bouchée de pain à des promoteurs immobiliers liés à des mafias et à des chefs de guerre enrichis, et à voir aussi Chekri Lebbos abandonner sa boutique, bientôt reprise par le beau-frère d'un milicien de Chahrour.

Chakib Khattar était désormais condamné à voir se déliter lentement le monde qu'il avait connu, à résister seul ou presque tout en faisant mine de continuer à vivre selon son habitude, défiant les nouvelles puissances de la rue, ainsi que les dangers d'une existence soumise au bon vouloir de voyous. Il continua durant les deux années qui suivirent à sortir tous les matins pour aller à l'usine, elle aussi menacée en permanence par les milices locales après le départ des Palestiniens. Sa maison menait son train habituel. Évelyne se faisait accompagner chez ses amies et se rendait même souvent à Achrafieh chez Michel. Les chauffeurs des Khattar apportaient quotidiennement des fleurs pour garnir le salon ou des pâtisseries pour le déjeuner, et les bonnes allaient faire les courses au marché qui s'était improvisé à deux rues de là. Mais ce va-et-vient se déroulait devant une permanence du FPA installée, sans doute délibérément, en face de la demeure du notable. Les hommes qui montaient la garde, assis sur des chaises en osier, fumant leur narguilé, le fusil-mitrailleur contre leur siège, ne cessaient de rire et de plaisanter à chaque apparition des bonnes sur les balcons pour secouer une nappe ou battre un tapis, et lorsqu'elles sortaient dans la rue ils les sommaient de leur offrir une pomme ou une grappe de raisin. Brahim ou Hasbani ou encore Yahia Wahid traversaient alors la chaussée pour prendre la défense du personnel de leur maître et la bagarre n'était jamais loin.

De ces faits, Chakib était informé, mais il avait déjà beaucoup à faire avec d'autres formes de harcèlement, notamment le racket, auquel il refusait systématiquement de céder, et aussi les incessantes propositions d'achat de terrains qui lui appartenaient à Marsad, des propositions qu'il recevait de courtiers, de promoteurs aux noms obscurs ou de simples particuliers récemment enrichis et fiers de pouvoir directement adresser une demande au notable naguère inaccessible pour eux. Tout ce monde devait compter sur la pression que leur situation délicate et la précarité de leur position faisaient désormais peser sur les Khattar pour leur soutirer des biens que sans cela ils n'auraient jamais vendus. Or Chakib résista avec mépris à ces demandes, refusant de renoncer à la moindre parcelle de son patrimoine avec le même acharnement qu'il avait refusé de quitter Marsad. Il défendit même les biens dont il était seulement gérant ou responsable, comme ce fut le cas avec un tout petit terrain sans importance qui dépendait du Club sportif et qu'il ne voulut pas laisser à un consortium de promoteurs inconnus. Des avocats lui téléphonèrent, il reçut des appels de plusieurs chefs de guerre devenus responsables politiques dans le gouvernement de cette époque. Mais il ne céda pas et je me demande s'il ne tirait pas de son intransigeance une satisfaction secrète, lui qui ne s'était jamais épanoui que dans la difficulté, l'obstination et la lutte. Sauf que tout changea d'un coup lorsque les Matar firent défection. Avec les Khattar, les Matar contrôlaient une partie considérable des biens-fonds chrétiens de Marsad. C'était un atout pour Chakib qui souvent envoyait prendre des nouvelles de Ramzi Matar et s'assurer de sa santé. Les inquiétudes qui taraudaient Chakib à propos de ses anciens rivaux étaient dues à la débilité de l'héritier du vieux Georges, et elles se révélèrent fondées. Un matin de septembre ou d'octobre 1984, Ramzi vint donc en visite chez les Khattar. Chose rare, il avait annoncé sa venue. En le voyant entrer, Chakib trouva qu'il avait encore grossi, il avait une effroyable bedaine qui l'empêchait presque de se tenir droit et le faisait paradoxalement aller le buste en avant. Il pénétra dans le salon des Khattar comme un coq, la tête en avant et les mains ballantes, suivi de son chauffeur et d'un homme à tout faire qui parfois l'aidaient à monter des escaliers ou à franchir un obstacle, alors qu'ils étaient plus âgés que lui. Il les congédia dès qu'il atteignit un fauteuil dans lequel il s'affala littéralement. Puis il commanda à l'une des bonnes un verre d'eau et un analgésique, parce qu'il ne cessait de se plaindre de maux de tête sans doute imaginaires. « Un seul ne suffira pas, *ya* Ramzi, prends-en deux », lui conseilla Évelyne, mais le chef du clan Matar avait des manies et n'écoutait personne là-dessus. « Un seul, dit-il de ce ton mi-catastrophé mi-amusé qui était sa marque de fabrique, un seul suffira. » Puis il attendit le verre d'eau en parlant du temps qu'il faisait et de l'usine des Khattar dont il savait qu'elle était en travaux, une fois de plus. Chakib l'observait avec effarement et lui répondait du bout des lèvres. Quand finalement le bonhomme eut avalé son cachet unique d'analgésique, il posa de ses gros doigts boudinés le verre sur la tablette près de lui d'un geste théâtral, se redressa dans son fauteuil et dit :

– *Ya* Chakib, je viens t'annoncer que je vais partir, je vais quitter Marsad.

En d'autres temps, la nouvelle aurait été sensationnelle, mais avec l'hémorragie actuelle et les départs en série, elle n'étonna qu'à moitié les Khattar.

– Le fils de Georges Matar va déserter son poste ? s'exclama Chakib de manière peut-être trop emphatique.

– Je suis fatigué de tout ça, *ya* Chakib, répondit Ramzi Matar. Et puis ce quartier n'est plus à nous, on n'a plus notre mot à dire, et je suis las d'avoir à me battre en permanence pour la moindre chose.

– Ce sera partout pareil, *ya* Ramzi, dit Chakib.

– Peut-être, mais ici, il faut aussi être aux aguets en permanence. Hier on a fait sauter la devanture d'Abou Mitri, et il y a trois jours des imbéciles se sont tiré dessus pour une raison inconnue. Cela devient intenable.

– Tu es le fils de Georges Matar, Ramzi, dit Chakib

avec humeur. Fais un effort, quand même, en mémoire de ton père et de ta famille.

Ramzi répondit par une vague mimique qui voulait dire que tout cela ne signifiait plus rien, puis fit un geste en indiquant son verre vide à une des bonnes qui lui en rapporta un autre.

– Et que vas-tu faire ? lui demanda Chakib.

– Je vais m'installer à Rabieh, dit-il. C'est plus tranquille.

– Et tu laisses ta maison vide ?

– Non. Je vais tout vendre, dit Matar en s'interrompant pour boire son verre d'eau avant de poursuivre. En fait, j'ai déjà vendu la maison. Et le terrain en face du Club sportif. Et j'ai des acheteurs pour le reste. J'en ai assez, *ya* Chakib, de ce quartier et de tout ça, j'en ai assez.

Cette nouvelle fut comme un coup de tonnerre, et jeta chez les Khattar un froid terrible, un sentiment d'abandon et de défaite sans nom. Pendant plusieurs jours, Chakib ne cessa de pester contre Ramzi Matar. « Quel imbécile, marmonnait-il en montant en voiture ou en en descendant, en s'asseyant à table ou en se levant. Quel imbécile, quel âne ! » Il appela le moukhtar Awwad pour comprendre pourquoi on ne lui avait rien dit de ces ventes, puis il appela l'évêque pour savoir si ce dernier avait été consulté par Ramzi, et quand l'évêque, stupéfait, lui aussi, dit que non, il se remit à marmonner : « Quel âne, non mais quel abruti ! » Quelques jours après la visite calamiteuse, il appela Ramzi Matar.

– As-tu parlé de tout cela avec l'évêché ? lui demanda-t-il. Le *waqf* pourrait t'acheter les terrains, ça éviterait que la parcelle soit perdue à tout jamais.

– Mais j'ai déjà une promesse d'achat, répondit Matar de son air un peu geignard, et je me suis engagé.

– Engagé comment ? demanda Chakib.

– Oralement, répondit Matar.

– Alors tu peux facilement trouver une porte de sortie, et dire les choses comme elles sont, que le *waqf* orthodoxe va acheter la parcelle.

Il y eut un long silence que Matar finit par rompre.

– Tu imagines vraiment que je pourrais leur dire ça, *ya* Chakib ? Que je refuse de leur vendre la terre pour la céder à un évêché ? Ils me tueront.

– Ne sois pas ridicule, Ramzi, dit Chakib en colère. Personne ne peut t'empêcher de faire ce que tu veux de tes biens, et personne ne te tuera.

Pendant un bref moment, Chakib eut un brin de nostalgie en repensant à son vieux rival Georges Matar.

– Avec ton père, ça ne se passerait pas comme ça, *ya* Ramzi, dit-il, et il regretta immédiatement ses propos, parce qu'il n'y a pire maladresse que de rappeler à un héritier sans valeur la valeur de son père.

– Peut-être, répondit Ramzi avec humeur. Mais maintenant c'est moi qui gère nos affaires, et je te répète que j'en ai assez. Quel que soit l'acheteur, je vais vendre, et le premier venu sera le premier servi.

Cette défection fut aussi un désastre pour tous les orthodoxes de Marsad et démoralisa à l'extrême les dernières familles qui restaient sur place, y compris ma mère qui pour la première fois pensa à quitter le quartier, que j'avais moi-même hélas dû aussi abandonner, ma mère refusant que je vienne habiter près d'elle et voyant dans mon mariage une excellente raison pour que je quitte Beyrouth-Ouest où, jusqu'au dernier moment, j'ai continué à aller écouter du jazz et à dîner dans les pubs de la rue Makhoul. Mais pour Chakib, qui n'était pas du genre à se lamenter, cela constitua un surplus de problèmes parce que après une telle désertion les promoteurs revinrent en force et les propositions d'achat recommencèrent de plus belle, surtout pour une parcelle qui jouxtait l'un des terrains vendus par Matar, et qui désormais avait pris de l'importance et une valeur accrue. Mais Chakib refusa les offres avec dédain, malgré les appels incessants, les pressions et les coups de fil de membres des grandes organisations qui désormais se partageaient le pouvoir politique. On monta même les enchères, on offrit une somme colossale, mais rien n'y fit, un ancien allié politique sunnite de Chakib lui téléphona pour tenter de le faire fléchir, parce qu'il avait eu vent de l'importance du terrain aux yeux d'hommes d'affaires influents et sans scrupules. « Il faudrait être un peu plus flexible avec ces gens-là, Chakib beyk », dit-il. « Cela fait quatre-vingts ans que je ne plie pas, Abdallah effendi, répondit Chakib. Si je le fais maintenant, je vais casser. »

Il ne plia pas, même si les tempêtes étaient autour de lui de plus en plus violentes. Il s'obstina donc, sachant parfaitement que tout ce patrimoine serait aussitôt vendu par ses héritiers, que sa lutte était désespérée et surtout inutile. Ce qu'il voulait éviter, c'était d'être l'homme qui avait dilapidé les biens et livré définitivement Marsad à ses rivaux, il laissait ce soin à ses enfants et que l'opprobre retombe sur eux, puisque c'était ce qu'ils voulaient. Il refusa et combattit seul désormais, entouré de quelques familles de partisans, comme le dernier empereur de Byzance, sans pouvoir, sans armée, sans rien, en proie aux provocations qui allaient désormais en s'accroissant. Aux pressions permanentes autour de sa maison s'étaient maintenant ajoutés de mystérieux appels téléphoniques. Dans le combiné, une voix demandait le maître, puis quand Chakib répondait, des voix agressives, ou froides, ou vulgaires, lui promettaient des représailles, lui reprochaient de s'occuper de ce qui ne le regardait pas, sans doute par allusion à son soutien aux dernières familles chrétiennes de la région. Chakib reposait tranquillement le combiné sans un mot et, quand sa femme lui demandait ce que c'était, il avait cet air si familier de colère froide qu'elle comprenait que quelque chose n'allait pas. Puis le téléphone se mit à sonner la nuit, mais personne ne parlait dans l'appareil, puis il sonna quand Chakib était à l'usine ou en promenade et alors les voix proféraient des menaces et des obscénités indifféremment à Évelyne, à Wadi'a ou aux bonnes qui décrochaient. La panique s'empara des esprits, on cacha les faits à Michel et à ses sœurs pour ne pas les inquiéter, mais Évelyne demanda à son mari : « Il ne faut pas espérer, je suppose, que nous partions pour quelque temps ? » Évelyne, qui avait souffert en silence pendant plus de quarante ans du despotisme de son mari et avait filé doux presque tout le temps, supportait de plus en plus mal l'impassibilité de Chakib. Son incapacité à faire entendre une protestation réelle face aux conditions de vie de plus en plus difficiles et aux risques que l'on courait sans arrêt d'être agressé ou de voir des inconnus faire irruption dans la maison lui était reprochée par ses filles. Elle faisait alors ce qu'elle avait toujours fait. Au lieu de se mettre d'accord avec Julie et Rayya qui voulaient l'aider à convaincre Chakib, elle se rangeait du côté de ce dernier et, dans sa suprême aliénation, le défendait ou défendait le fait de ne pouvoir lui montrer son anxiété dans des circonstances si pénibles.

Elle avait pourtant des crises de pleurs en cachette, ou en parlant à ses filles, mais lorsque Wadi'a, qui la connaissait par cœur, lui disait qu'elle devait aller chez Julie ou chez Michel pour se reposer, elle prenait un air sévère et coupait court à la conversation. Quand elle fit cette modeste demande dans la foulée des coups de fil qui la rendaient malade, Chakib dit qu'en effet il ne fallait pas espérer partir. Un jour pourtant, des individus en armes investirent la cour de l'usine, entrèrent dans les locaux administratifs puis dans le bureau de Chakib. Ce dernier n'y était pas, mais la tentative d'intimidation s'ébruita et durant le reste de la journée ses derniers partisans chrétiens, ses voisins musulmans, d'anciens alliés politiques évincés et aussi quelques chefs de milice devenus ministres appelèrent et vinrent prendre des nouvelles. Mais ces manifestations de solidarité étaient en fait inutiles, le paravent qu'elles constituaient, trop abstrait ou trop lointain, ne pouvait protéger les Khattar contre les menaces directes venues de la rue, ou des miliciens, ou des hommes payés pour enlever ou tuer. D'ailleurs Chakib n'en avait cure, il exigea que l'on continuât à vivre normalement chez lui. Il ne cessa d'aller lui-même à l'usine le matin, ou bien de faire sa promenade sur la corniche d'où il rapportait du poisson pour le déjeuner. L'après-midi, il jouait au trictrac avec l'un ou l'autre de ses courtisans qui attendaient patiemment son réveil de la sieste, ou bien il allait faire une tournée dans Marsad. Durant les deux années précédentes, il avait chargé ses proches d'aller en son nom prendre des nouvelles des dernières familles orthodoxes, indépendamment de leurs anciennes allégeances, et de leur porter de la nourriture, des médicaments et ses salutations. Bientôt il prit l'habitude d'y aller lui-même, les après-midi, s'enfonçant dans les petites impasses, entrant dans des jardins insoupçonnés pour rendre ses visites, ce qu'il n'avait plus fait depuis la dernière campagne électorale en 1972. Il buvait du sirop de mûre assis sous des auvents de jasmin, prenait des nouvelles, papotait, riait et plaisantait, essayant surtout de savoir si ici ou là il y avait des velléités de départ, ou de vente. En prenant congé, alors que Brahim déjà était à la porte, il se penchait sur une oreille un peu dure, ou vers un visage ridé mais fier et déclarait que les temps difficiles allaient passer, qu'on s'en sortirait, qu'il fallait continuer à vivre normalement, et les vieux toujours levaient le poing, ou serraient amicalement la main du notable en lui rappelant de qui ils étaient les fils, ou les petits-fils, à savoir tel abadaye qui avait fait le coup de feu en 1912 ou tel héros qui avait défié le monde entier quarante ans durant, et qu'évidemment ils ne bougeraient pas d'ici, et y mourraient le moment venu. Or il est certain que cet acharnement à veiller sur ces petites gens, presque toutes propriétaires, et à les encourager à demeurer à Marsad rendit Chakib encore plus encombrant à tous ceux que les lopins de ces personnes intéressaient et qui ne parvenaient pas à les acquérir. C'est pour cela aussi que l'on voulut sa peau, c'est pour cela que les promoteurs véreux, les hommes d'affaires inconnus alliés aux diverses milices le lorgnaient comme jadis son propre père et ses amis, sortis riches de la Grande Guerre, avaient lorgné avec rage ceux qui contestaient les abus de la spéculation. Mais il ne s'en faisait pas, il rentrait chez lui et le soir recevait le dernier carré de ses fidèles, ou quelques voisins et avec eux jouait aux cartes en discutant de la situation, et de la prochaine reprise des combats que tout le monde jugeait imminente.

Lorsque effectivement elle se produisit, après des hésitations, des escarmouches de tous côtés et une fébrilité générale dans le pays, tout le monde espéra chez les Khattar que l'on pourrait tenter une fois de plus, mais avec de nouveaux arguments, de suggérer un départ, au moins pour quelques jours. Mais ce fut en vain, même quand, au cœur de la nuit, et alors que de sombres pulsations annonçaient des salves d'orgue de Staline qui bientôt s'abattaient sur la ville en une succession d'explosions lourdes et traînantes, le téléphone sonnait et qu'une voix lointaine annonçait des calamités aux habitants de la maison. Finalement, un soir, Évelyne craqua, pleura devant Wadi'a et les bonnes qui se tenaient rassemblées prudemment dans un coin en observant tétanisées la réaction de Chakib, Chakib qui écouta dignement sa femme lui dire tout ce qu'elle pensait de son attitude, de son égoïsme, de son obstination et de sa fierté, dont elle n'avait que faire, dont elle n'avait eu que faire pendant cinquante ans sans avoir jamais rien dit. Durant la journée qui suivit, son mari annonça qu'il exigeait désormais le départ des femmes. Évelyne, qui s'était calmée, reprit son antienne, annonçant qu'elle ne partirait pas sans lui. Chakib, froidement, rappela que si tout le monde partait, la maison serait perdue, et avec elle tout le reste, que plus personne ne pourrait plus revenir à Marsad et que tout serait fini. Évelyne n'osa lui dire que tout était fini de toute façon, et demeura silencieuse, l'écoutant promettre que si les combats se calmaient un peu il irait lui-même la rejoindre chez leur fils pour quelques jours. Je ne sais si elle le crut, si lui-même réussit à se montrer convaincant, mais ce qui est sûr, c'est que le lendemain, encouragée par Michel et ses sœurs, Évelyne partit. Vers dix heures, lorsque

Michel arriva courageusement de Beyrouth-Est à la faveur de l'accalmie matinale pour les emmener, les femmes étaient prêtes. Brahim et Hasbani les aidèrent à descendre quelques effets et des valises puis elles embarquèrent dans la voiture et quittèrent Marsad par la rue principale, déserte et bordée de magasins aux devantures baissées.

Pour la première fois de sa vie sans doute, Chakib demeura seul dans la maison silencieuse et vide. Les jours suivants, il fut servi alternativement par Brahim, par Hasbani ou par Yahia Wahid, qui venaient voir s'il avait besoin de quelque chose. Ils lui préparaient son déjeuner ou son dîner, puis le lendemain matin son petit déjeuner, lui apportaient les nouvelles, toujours calamiteuses, sur des obus tombés ici ou là et sur des familles qui avaient levé l'ancre. Puis ils le laissaient parce qu'il les congédiait. Il ne pouvait sortir, car même si les journées étaient plus calmes que les nuits, des explosions et des canonnades subites rappelaient sans cesse que la ville était en état de guerre. Il lisait les journaux si on lui en trouvait, puis s'adossait à son fauteuil, enlevait ses lunettes et, dans le silence inhabituel qui l'enserrait déjà comme un linceul, il réfléchissait, une moue d'insatisfaction lui déformant imperceptiblement la lèvre supérieure. Il ne réfléchissait pas à ce qu'il entendait, une brève fusillade, un claquement sec qui était celui d'un tireur embusqué ou le souffle d'une explosion quelque part. Cela lui était indifférent, car il songeait au vide plus cruel qu'il avait lui-même creusé autour de lui pendant des décennies. Pour la première fois peut-être, assis dans son fauteuil, songeur, entouré de journaux le matin, buvant son café à son réveil de la sieste l'après-midi ou assis à nouveau seul le soir, en face de la télévision qui l'ennuya toujours et qu'il finissait par éteindre, pour la première fois donc il songea à sa vie, il regarda enfin en arrière pour faire un bilan, lui qui avait toujours regardé devant, sans états d'âme ni sentimentalisme. Mais s'il reconsidéra enfin les crises qui avaient émaillé cette existence, qui avaient déchiré sa famille et ruiné les possibilités que la puissance des Khattar puisse encore survivre après lui, il ne put probablement s'empêcher de penser qu'il avait toujours agi dans le bon sens. Au-delà de toute considération, c'était la gloire de son nom qui avait toujours importé, c'était ce qu'il avait appris qu'il devait faire, dans l'idéal absurde de quoi il avait grandi, l'unique valeur de la vie à ses yeux, et l'unique chose qu'il pouvait envisager que l'on retînt de lui après sa mort. Et si dans ses réflexions il convenait que ce qu'il avait parfois entrepris était malheureux, il savait que la défense de son clan et de sa position primait sur tout. Voilà pourquoi il continua en ces ultimes moments à trouver qu'il avait bien fait de chasser Hamid, son fils illégitime qui pourtant aurait mieux que quiconque dirigé l'usine et le clan mais s'était allié à ses ennemis. Il avait bien fait d'enlever en pleine église sa fille parce qu'elle lui avait désobéi, il avait bien fait de chasser son fils Élias parce qu'il ne pouvait y avoir chez les Khattar de communistes et d'anarchistes. Il n'avait rien à se reprocher, et si les Khattar ne devaient plus être après lui qu'un souvenir, au moins aurait-il tout fait pour que ce fût un souvenir impérissable et dont on parlerait, ne pouvant à ce moment-là se douter que celui qui le raconterait serait le fils d'un de ses anciens amis qu'il avait contribué à détruire, et qui le détestait plus que tout. Dans ses moments de solitude, il songeait peut-être aussi à l'inutilité de tout cela, et alors il se levait et faisait quelques pas dans la maison, se heurtant à l'affreuse vacuité de ses journées où ses derniers courtisans se faisaient rares, parce qu'il ne les encourageait plus à venir, c'était trop risqué. Il les recevait le matin, puis brièvement dans l'après-midi s'ils pouvaient venir, mais ils le sentaient distrait et distant, et c'était une aubaine parce qu'ils étaient eux-mêmes pressés de repartir à cause des francs-tireurs et des miliciens dans les rues. Seuls ses propres hommes étaient là de manière régulière, lui préparant les repas et faisant office de bonnes, lavant le peu de vaisselle, passant un coup d'aspirateur et faisant son lit, tandis que lui-même était assis dans son salon à mesurer la vanité de tout ce qu'il avait accompli. Mais comme il n'était pas du genre à se complaire dans des considérations rêveuses et métaphysiques, il s'ébrouait, appelait Brahim ou Hasbani, posait une ou deux questions puis les congédiait, revenait à ses journaux, remettant ses lunettes, puis les enlevant, puis les remettant sur son nez pour reprendre des calculs qu'il faisait sur un calepin et qui concernaient les affaires de l'usine. Mais il les lâchait aussitôt, se saisissait du répertoire du téléphone pour y chercher le numéro de Michel ou de Julie, ou de l'une de ses sœurs, des numéros qu'il ne connaissait pas, qu'il n'avait jamais composés lui-même, c'était sa femme qui s'en chargeait. Mais il n'appelait pas, il attendait que ses enfants et sa femme le contactent, et quand ils le faisaient, si la ligne n'était pas coupée, il répondait laconiquement que tout allait bien, qu'il ne fallait pas s'en faire, que Brahim et Hasbani pourvoyaient à tout. Puis il se levait et marchait dans la maison. Il entrait dans la cuisine où il ne venait que très rarement, et considérait avec attention un mur légèrement écaillé, ou le monte-plats dont le mécanisme était grippé. Puis il ressortait, allait dans les chambres et faisait la même chose. Dans son salon, il découvrit qu'il n'aimait pas du tout ce tableau du nègre mangeant sa pastèque mais qu'il ne l'avait jamais dit, il ne l'avait sans doute jamais considéré en ces termes et demeura pensif devant cette étrange figure. Il se mit à s'intéresser aux livres qui étaient encore dans la bibliothèque de la chambre d'Élias, ou à ceux, plus monumentaux et plus lourds, qu'il y avait dans le petit salon, et que jamais il n'avait ouverts, dont jamais il n'avait seulement su les titres. Au début, il s'arrêtait pour les contempler comme un ensemble, comme il regardait ses canapés et ses dressoirs, puis un jour il s'approcha, mit ses lunettes et déchiffra un titre, puis un autre, tira un matin un ouvrage qui l'intrigua, le remit en place, puis un soir porta quelques bouquins au salon tandis que des coups de canon frappaient à fréquence régulière quelque part au sud de Marsad, ou à l'est, ou dans la montagne. Il les feuilleta avec une curiosité distraite et se lassa rapidement. Il posait un livre puis en prenait un autre, pensant à Élias et à Simone dont les marques étaient sur les pages, s'arrêtait à une phrase soulignée par l'un ou une note écrite par l'autre. C'était toujours en français et cela l'agaçait un peu, mais il lisait le français à défaut de bien le parler, il reprenait les phrases, levait la tête, réfléchissait, enlevait ses lunettes, les rechaussait, revenait au texte, puis le reposait. Brahim entrait, lui préparait un frugal dîner, s'asseyait en face de lui pour bavarder. La nuit tombait et le vieux notable à nouveau seul s'assurait que son revolver était bien à portée de main, mettait la télévision, l'éteignait, la lumière s'en allait puis quelques minutes après le lourd ronronnement du générateur que Brahim avait fait démarrer annonçait un éclairage plus jaunâtre. Chakib finissait par se lever, emportant avec lui son revolver dans la chambre. Au cours de la nuit, le téléphone se mettait à sonner tandis que les canons tonnaient au loin. Il sonnait et Chakib savait qu'on ne le lâcherait pas, que les terrains, la maison, les dernières familles orthodoxes de Marsad, tout ce sur quoi il régnait encore devait tomber, et ne tomberait que lorsque lui-même serait abattu. Cela probablement le satisfaisait, lui plaisait, c'était peut-être le point d'orgue de sa vie et de tout ce qu'il avait accompli. Et pourtant, s'il attendait ce moment, c'était davantage dans le rêve d'une fin héroïque que dans la croyance en sa possibilité réelle. Jusqu'au bout, il dut penser que tout cela n'était que vaines menaces, tentatives incessantes pour le pousser à abandonner ses biens et à partir, et sa satisfaction était alors de rester là, inébranlable, assiégé mais heureux, incapable sans doute de se formuler ce bonheur parce qu'il n'était pas du genre à gloser sur ses sentiments. Et en même temps, il devait regretter cet état de choses, caressant son arme avec une sorte de nostalgie pour le défi, les règlements clairs et nets des affaires en suspens, c'était la façon avec laquelle il avait toujours agi, et la raison pour laquelle il n'avait que mépris pour ceux qui continuaient la nuit à appeler, ce qui faisait qu'il décrochait et raccrochait nonchalamment le combiné sans même le porter à son oreille. C'était aussi la raison pour laquelle il téléphonait encore à l'usine dans la journée, ou réfléchissait au dossier de livraison d'une cargaison de marbre, parce qu'à ses yeux la phase de combats allait finir, et avec la prochaine trêve Évelyne reviendrait et tout recommencerait. Il y songeait peut-être avec lassitude, et en attendant il passait ses journées à feuilleter des livres, à glaner des phrases sur l'existence, sur la gloire, sur les hommes et leur combat, bavardait avec ses gars ou avec ses derniers courtisans en jouant au trictrac, palpait sans fin son revolver, jusqu'à cette nuit où tout fut enfin consommé, peut-être à sa grande satisfaction. Aucun des courtisans n'était venu ce soir-là. Avant de sortir, Brahim prépara le dîner à son maître qui s'installa tranquillement dans son canapé. Des coups de canon assez proches faisaient vibrer les fenêtres pourtant ouvertes. Une heure plus tard, le courant s'éteignit, mais personne ne fit démarrer le générateur. Chakib Khattar en éprouva-t-il de l'inquiétude, tenta-t-il d'appeler ses hommes, ou laissa-t-il faire ? Utilisa-t-il une lampe électrique, alluma-t-il une bougie qui éclaira faiblement son visage ridé, ses cheveux blancs encore fournis et son grand front, et aussi son air probablement soucieux, inquiet, mais toujours hautain, lointain, impénétrable ? Nul ne le saura jamais. Au matin du lendemain, Yahia Wahid, qui ne dormait pas sur place, remarqua en arrivant quelque chose d'étrange qu'il ne s'expliqua que plus tard. Toutes les lumières de la maison étaient allumées, à cause du retour du courant, et dans le cristal de l'aube ressemblaient à de pâles touches blanchâtres. Lorsqu'il pénétra dans le jardin, il ne vit ni Brahim ni Hasbani. Affreusement inquiet, il monta les escaliers et arriva devant la porte qu'il trouva ouverte. Wahid en avait connu d'autres mais ne put empêcher ses jambes de flageoler en entrant dans la demeure où, au milieu du salon, il vit le corps de Chakib allongé entre les grands fauteuils.

Quand je suis arrivé moi-même, alerté par Michel qui put me joindre parce qu'à l'aube les téléphones fonctionnaient mieux que dans la journée, et alors que je dormais par chance chez ma mère cette nuit-là, il n'y avait encore presque personne. Je vis Yahia Wahid, je vis aussi Achraf Labbane et un de ses gardes. Je vis surtout le corps, couché sur le côté. Je n'osai d'abord poser les yeux sur lui, intimidé, redoutant, comme lorsque j'étais enfant, que son regard, même mort, me foudroie. Mais cet homme était tout de même à l'origine de la ruine et du décès de mon propre père, et en me disant cela, je me suis à nouveau tourné vers lui et je l'ai regardé, j'ai regardé son cadavre et je n'ai pas été ému, je n'ai pas voulu l'être, j'ai conservé une sorte de distance et d'objectivité et c'est grâce à cela que j'ai pu me focaliser sur les impacts de balles sur les murs, et aussi sur l'étrange tache de sang qui courait du milieu du salon jusqu'au seuil de la porte d'entrée, preuve évidente que Chakib Khattar n'avait pas été abattu sans riposter mais s'était bel et bien défendu, avait même sans doute touché, voire tué un de ses agresseurs dont ses complices durent ensuite tirer le corps ensanglanté sous les balles du vieux chef, des balles qui s'étaient fichées partout. En pensant à tout cela, je me suis soudain retourné vers le cadavre encore étendu (son enlèvement, la foule dans la maison et dans la rue, la ruée des miliciens et de leurs chefs, les voisins incrédules aux fenêtres, l'arrivée des automobiles des notables et des anciens chefs politiques, tout ça eut lieu un instant plus tard) et je l'ai observé, non plus alors comme on observe quelqu'un qui fut l'ami puis l'ennemi de votre père et que vous n'aimez pas, dont vous connaissez les travers, les dédains, les mépris, l'indifférence et la dureté, mais comme une légende, comme le dernier représentant de cette race d'hommes redoutés et honnis, celle des abadayes de Marsad et de Mazraa dont l'histoire, faite de folies et de panache, de théâtralité, d'obstination, de grandeurs et aussi de petitesses et de mesquineries, venait de s'achever, et avec elle l'histoire entière de ces quartiers – et, cette fois, l'émotion m'étreignit.

12

Lorsque je vins à Kfar Issa, quatre ans plus tard, la fin de l'été couvrait la plaine et les montagnes d'une lumière soyeuse, et tout semblait briller dans l'or et la joie. Pourtant, pour arriver là-bas, à cette époque où tout allait pour le pire, je crus à plusieurs reprises mettre ma vie en danger. Depuis Beyrouth, trente barrages vérifièrent mon identité, des hommes louches, à figures de brigands, des miliciens zélés, aimables en apparence mais suspicieux et toujours à la recherche d'une proie, me dévisagèrent attentivement puis revinrent au laissez-passer que j'avais obtenu grâce à l'intervention de Hamid lui-même, puis à nouveau levèrent leurs yeux sombres vers moi comme pour s'assurer une dernière fois que je n'étais pas un faussaire. Les chauffeurs de taxi successifs devaient se demander qui je pouvais bien être pour me trouver en butte à un contrôle aussi systématique puis, comme à chaque fois nous passions sans grand encombre, ils voulurent savoir où j'allais, et je disais à Kfar Issa. Le premier, qui m'emmena jusqu'à Chtaura, ne fit pas de commentaires. Le suivant eut un air étonné et finalement celui qui de Zahlé me transporta à Kfar Issa me demanda chez qui j'allais, là-bas. Je répondis que je me rendais chez les Khattar. Il m'observa d'un air amusé et me demanda si j'ignorais que le domaine des Khattar avait été transféré par héritage. Je dis que j'étais au courant et que j'avais prononcé le nom des Khattar par habitude. Le chauffeur eut l'air de comprendre que j'étais un familier. Au bout d'un moment, il tenta prudemment de m'interroger sur cette affaire d'héritage, je dis que je ne savais rien, il n'insista pas et le trajet se poursuivit dans le silence.

Le taxi me déposa au bout d'une demi-heure devant un portail en fer ouvert, qui n'était pas celui de l'entrée principale du domaine, mais un autre, plus petit, latéral, que l'on atteignait après avoir tourné à gauche, et s'être engagé sur une route qui semblait foncer vers les montagnes, puis à droite dans un chemin. Lorsque le taxi, me laissant là, fit marche arrière en soulevant une poussière rouge, lorsque atteignant la route principale il se fut remis en marche et eut disparu, le calme revint cérémonieusement, ponctué de quelques cris d'enfants et d'un hennissement en provenance du domaine devant lequel je me trouvais. Les montagnes qui bordaient la plaine avaient l'air de m'observer comme deux grands bovins splendides. Devant moi des ormes et des noyers formaient une allée que j'ai empruntée, marchant d'un pas léger, mon sac sur l'épaule, heureux de me dégourdir enfin les jambes après cinq heures de routes incertaines. J'ai longé des terres à blé où le blé ne semblait pas avoir été planté depuis longtemps, puis un verger d'abricotiers d'où partaient de joyeux éclats de voix et je me suis alors demandé comment il allait venir à ma rencontre, comment j'allais le trouver, si c'était lui qui riait ainsi. Tandis que je m'interrogeais, deux cavaliers sont apparus. En un instant, ils étaient sur moi, faisant frémir l'air de cris et de mouvements désordonnés. Au milieu de ce viril ballet, je vis Hamid Chahine perché sur sa monture. D'un geste, il fit revenir le calme, immobilisa sa bête et celle de l'homme en keffieh qui l'accompagnait avant de mettre pied à terre dans un grand geste de danseur, glissant de sa selle puis rebondissant sur le sol devant moi. Voilà comment il m'apparut après tout ce temps, et je découvris qu'il n'avait pas beaucoup changé depuis vingt-six ans, depuis la dernière fois que je l'avais vu, dans l'église d'Ayn Chir avant l'irruption de la troupe de Chakib. Il avait, comme moi, vingt-six ans de plus, il était moins maigre qu'à cette époque, mais c'étaient les mêmes cheveux de jais, le même regard fixe et rêveur, à peine plus dur d'avoir regardé dans les yeux des princes difficiles et des négociants sans scrupules. C'était aussi le même visage à la mâchoire légèrement proéminente, plus plein et pourtant reconnaissable entre mille malgré de légères rides au bord des yeux et une peau plus hâlée. En riant, il me prit dans ses bras, il semblait si heureux de me voir que cela me flattait, tout comme m'enchantaient ses exclamations : « Quel bonheur, quel bonheur ! Enfin te voilà ! » Nous avons marché côte à côte, je lui ai raconté en quelques mots les péripéties de mon voyage et la maison a surgi, la maison mythique que je voyais enfin pour la première fois. C'était bien, ainsi que je l'imaginais, une villa à un étage comme on en construisait au milieu des années cinquante, rectangulaire et ceinturée par une grande terrasse. Mais elle était plus anguleuse et plus vaste que je me l'étais figurée. Nous nous sommes approchés en bavardant bruyamment. Un large escalier conduisait à un palier. Une porte était grande ouverte. Au-delà d'un vestibule frais et sonore, on atteignait les salons meublés de fauteuils anciens et de tables massives mais d'où, par de grandes fenêtres, arrivaient la rumeur paisible des vergers alentour et la brise qui gonflait les rideaux. C'est dans l'une de ces fenêtres qu'est venue s'encadrer, pour m'apparaître comme en un tableau, nimbée et cachée en même temps par la lumière de l'extérieur, une forme féminine que durant un moment, par une sorte d'illusion, de déplacement de la réalité dans le conte, je pris pour celle de Lamia. Mais Lamia était morte un an auparavant, deux ans après l'assassinat de Chakib, et la silhouette était celle de la femme du nouveau régisseur qui, entrant dans le salon, passa discrètement devant moi en marmonnant un salut discret et disparut par où nous étions venus.

Tout en me posant des questions sur moi et pour s'assurer que j'allais bien rester quelques jours comme il me l'avait demandé au téléphone, Hamid m'emmena à l'étage, dans la chambre que l'on m'avait préparée et à laquelle on accédait par un vaste couloir. J'aime les maisons qui sentent le renfermé et la campagne, où le pas résonne, mais je n'osais croire que j'arrivais là en villégiature, alors que partout c'était le chaos, la guerre et la violence. La tranquillité bucolique des lieux et de cette chambre me rappelait mes vacances d'été d'autrefois. Quelque chose de monastique m'enchanta, un lit, une table de nuit et un téléphone qui ne fonctionnait pas, une grande chaise en osier et un placard vide dont l'intérieur sentait la peinture ancienne et le savon frais. Une porte-fenêtre donnait sur la fameuse terrasse où Chakib s'asseyait pour recevoir ses métayers et ses régisseurs. J'y fis quelques pas, surplombant les arbres et les champs au loin. En face, les reliefs arides de l'Anti-Liban brillaient d'un éclat bleu et doré. Hamid se tenait à mes côtés, semblant admirer en silence les montagnes comme s'il les voyait pour la première fois ou comme s'il respectait ma propre concentration au contact de la grandeur du paysage. Nous plaisantâmes ensuite un peu, puis une villageoise en fichu apparut à l'autre bout de la terrasse, portant un plateau chargé de limonade et de fruits. Elle le posa sur une table ronde autour de laquelle nous nous assîmes tous les deux, sans doute à l'endroit même où se mettait Chakib. Dans cette paix incroyable des terres agricoles assoupies autour de nous, face aux montagnes où commençait à jouer la lumière plus douce du début d'après-midi, une joyeuse conversation nous unit à nouveau, comme des années auparavant. Vingt-six ans au milieu d'un monde qui avait si vite changé, cela faisait pas mal d'histoires à raconter et nous restâmes à parler ainsi jusqu'à ce que les ombres s'allongent et que les cris d'enfants au loin deviennent plus sonores. Hamid me proposa d'aller marcher un peu, jusqu'au haras ou jusque chez le régisseur, et je marchai alors à ses côtés dans le décor qui longtemps avait été pour moi une légende.

Ce n'est pourtant pas ce premier jour qu'il m'a tout raconté, mais plus tard, au gré des matinées où nous nous promenions, et où il me montra ce que je connaissais sans l'avoir jamais vu, les plantations, les terres à blé et les terres à maïs, la propriété du côté de l'est qui allait jusqu'à la route des steppes du Hermel et sur laquelle passaient parfois des camions dont la rumeur n'était perceptible que lorsque le vent tournait ou qu'on avançait dans la grande allée de marronniers. Du côté ouest, je vis les premiers moutonnements du Mont-Liban, dont les abords étaient inclus dans le domaine, après quoi recommençaient les terres rocailleuses fréquentées par les bergers et leurs troupeaux. Au sud, les vergers menaient jusqu'à cette route que j'avais empruntée avec le taxi mais qui se prolongeait en direction de la montagne et du hameau abandonné de Deir Hannouche où nous sommes allés à cheval visiter l'église et nous asseoir sur les ruines des anciennes habitations. Les après-midi, nous les passions sur la terrasse du prince, et j'attendais que Hamid me raconte enfin ce qu'il avait à me raconter. À ce moment, j'avais déjà eu les longues conversations intimes avec Simone, revenue à la mort de son père, et je savais tout de leur histoire. Je savais aussi que Hamid avait obtenu ces terres en héritage mais, comme tout le monde, j'ignorais les détails de l'affaire. Finalement, Hamid s'est confié, au gré de nos promenades, de nos marches ou de nos pauses, quand nous laissions les chevaux et que nous nous asseyions sur une éminence d'où parfois nous embrassions tout le domaine d'un seul regard. Devant ce spectacle, il me parla de ses affaires qui allaient très bien, me raconta qu'il vendait des parfums et des produits cosmétiques dans toute l'Arabie et jusque dans l'océan Indien et à Zanzibar, qu'il avait des affaires immobilières avec des associés saoudiens. Je l'écoutais avec plaisir, les chevaux frémissaient et s'ébrouaient, on se taisait longuement pour laisser le silence nous habiter. Il me conta aussi la dernière entrevue entre Lamia et Chakib, que sa mère lui avait rapportée avant sa mort, et en vertu de quoi il était devenu maître de ces terres. Je ne disais rien, j'intériorisais tranquillement ces nouvelles. Puis un jour, après le travail de réparation d'une vieille moissonneuse à l'arrêt sur le bord d'un champ, après le vacarme de tôle frappée et les toussotements de la monstrueuse machine qui rechignait à démarrer malgré les soins qu'on lui prodiguait, malgré les conseils des ouvriers agricoles autour de nous et l'odeur de cambouis et d'essence qui imprégnait l'endroit, nous nous couchâmes sous des saules face à un verger d'abricotiers. Dans le silence que perçait parfois le zigzag d'une mouche ou d'une abeille, j'ai parlé, j'ai dit ce que je redoutais de dire depuis quelques jours, parce que ces mots ne me venaient pas facilement, à savoir que finalement cette affaire d'héritage laissé par Chakib avait confirmé aux yeux de Simone la vérité de ce que lui avait dit son père, elle qui avait longtemps cru à un mensonge de sa part pour la pousser à abandonner Hamid. « Elle a cru à un mensonge malgré tout ce que lui avait laissé entendre ma mère ? », s'étonna Hamid. « Ta mère n'a rien dit explicitement, c'est normal, c'était tellement délicat, répondis-je. Et Chakib était un homme puissant. Comment savoir quelles sortes de pressions un homme puissant comme lui peut exercer sur les autres pour les pousser à confirmer ses mensonges ? » Je pressentis en la prononçant que ma réponse était une insulte à la mémoire de Lamia et aux yeux de son propre fils, couché près de moi, les mains ouvertes sous la nuque, une tige sèche entre les dents. Hamid mâchonna sa brindille un moment, sans rien dire, comme s'il ne m'avait pas entendu. L'herbe rêche me picotait le dos et je me redressai. Lui demeura couché et, sans bouger, dit : « Elle n'avait pas tort, Simone. Quelqu'un a bien menti, en effet, dans cette histoire, mais ce n'est pas celui qu'on pourrait croire. » Je me retournai et je vis qu'il n'avait plus les yeux dans le vague mais me fixait sans s'être redressé, les mains toujours sous la nuque. Je restai silencieux et il poursuivit : « Avant de mourir, ma mère m'a fait un aveu. Elle m'a avoué que je n'étais pas le fils de Chakib, mais bien celui d'Abdallah Chahine. » Et après un nouveau silence ponctué par le hennissement des chevaux au loin, il ajouta : « Pendant quarante ans, elle a raconté des histoires à Chakib Khattar. » Je demeurai immobile, la tête toujours tournée vers lui qui mâchouillait encore sa brindille.

« Je l'ai crue, reprit-il comme pour couper court à une réflexion désobligeante de ma part. Je ne sais pas si j'ai eu raison, mais je l'ai crue. » Une brise frémit dans le chaud silence et fit murmurer les saules puis les abricotiers. « On ne raconte pas des choses pareilles, surtout si elles sont fausses, au moment de mourir », ajouta Hamid. Je ne sus que penser, regardant au loin, encore incapable de cerner toutes les implications de cette nouvelle. C'est lui qui parla à nouveau, se redressant enfin : « Cela fait des mois que j'essaye de gérer cela. C'est aussi pour ça que je t'ai demandé de venir. Il fallait que je le confie à quelqu'un, et je savais que tu serais le seul à tout connaître de cette histoire. » Je confirmai d'un signe de la tête, et sans doute d'une moue dubitative, parce que l'éblouissement d'une telle révélation était encore violent. « Elle me l'a avoué, poursuivit Hamid, mais sans me dire pourquoi elle avait inventé cette histoire. Je n'ai pas eu le temps ni le courage de le lui demander. » Je me taisais pour le laisser parler, parce que je savais que cela n'était pas facile, et qu'une fois qu'on a commencé, on doit aller jusqu'au bout. « Mais je crois que c'est compréhensible, poursuivit-il. Avoir un enfant et savoir qu'il sera toujours fils de régisseur est une chose affreuse, pour une femme qui a côtoyé la puissance et la richesse de ses patrons et qui était ambitieuse et cultivée. Et qui avait surtout réussi à séduire celui qui allait devenir son maître, mais dont elle avait avant ça été elle-même la maîtresse. Ne me regarde pas comme ça, c'est le cas, n'ayons pas peur des mots. Quant à l'alibi que sans doute Chakib a donné à Simone et que Lamia m'avait donné à moi aussi, au début, et selon lequel ils avaient fait ça juste pour offrir à Abdallah Chahine l'illusion qu'il n'était pas stérile et pouvait avoir des enfants, l'alibi d'un Chakib généreux de sa semence comme son père l'avait été de ses terres, je crois que c'était une vaste blague. Ils se sont plu, tous les deux, c'est tout. Et pour avoir bonne conscience, et la lui donner à lui aussi, évidemment, elle a inventé cette fable. Or, apparemment, c'est Abdallah qui a été le plus performant dans cette absurde concurrence. Mais si elle l'avait avoué, Lamia aurait fait de moi un fils de paysan, destiné sa vie entière à trimer ici. Tu me vois habiter dans le taudis du régisseur ? Ou bien j'aurais été un petit notaire à Zahlé. Oui, plutôt un petit notaire à Zahlé, après des études chez les bonnes sœurs du coin. Mais Lamia n'a pas voulu ça. Je ne sais pas ce qui s'est passé dans sa tête, mais on peut l'imaginer. Une coïncidence de dates, une possibilité réelle de faire croire à Chakib que j'étais de lui, et ma mère prenait une option pour me placer dans le nid des enfants Khattar, comme font ces oiseaux… » Il s'interrompit. « Les coucous », dis-je. « Oui, c'est cela, les coucous. » J'aurais pu sourire à la comparaison, mais je m'abstins. J'avais encore besoin de temps avant de réagir. « Mais si elle n'avait rien fait, dis-je finalement, tu aurais peut-être épousé Simone. » « Si elle ne l'avait pas fait, jamais Chakib ne m'aurait emmené chez lui, dit Hamid. Et s'il m'avait emmené, par je ne sais quel miracle, il ne m'aurait assurément jamais laissé épouser sa fille. L'histoire de Lamia a d'ailleurs été pour lui l'alibi en or. » Je ne répondis rien. Nous demeurâmes ainsi absorbés, un peu perdus, toujours immergés dans le jeu de l'ombre et de la lumière sous le saule au pied duquel nous étions encore assis. Puis Hamid se leva et proposa que nous allions faire un tour à cheval. Une heure après, nous mîmes pied à terre au-dessus de la plaine et des terres des Khattar – ou des Chahine désormais.

Nous nous installâmes près d'une petite source qui jaillissait du sol, sous des noyers aux feuilles jaunies. La lumière rendait presque palpable le plus élémentaire détail de la plaine, au loin, et des monts bleus de l'Anti-Liban en face de nous. Un pâtre lança un cri, et Hamid lui fit de grands gestes en guise de réponse. Il ne parlait pas, Hamid, il se dirigea lentement vers sa monture et s'affaira un instant, me laissant à mes pensées. Je l'observais discrètement, tout en étant partagé entre l'incroyable nouveauté de ce qu'il venait de me raconter et la beauté inouïe du paysage autour de nous. « Tu crois que Khattar a été dupe de tout cela ? demandai-je finalement en le voyant revenir vers moi. Ce n'était pas son genre, pourtant. » « C'est l'énigme que j'essaye de résoudre, répondit Hamid en déposant entre nous avant de s'asseoir une gourde d'eau fraîche remplie à la source. Il faut admettre qu'il a été dupe. Cela paraît bizarre de la part d'un tel homme. Mais il aimait Lamia, je le sais, je l'ai toujours senti, même quand j'étais enfant. Il y avait entre eux des regards étranges, des silences trop pleins de bruits et de passion. Je pouvais être entre eux le lien secret, la concrétisation de leur amour devenu impossible. D'ailleurs, il ne m'aurait jamais fait venir auprès de lui s'il n'y avait pas cru, il ne m'aurait jamais rapproché de lui comme il l'a fait. Et quant au fait qu'il m'a chassé, ce n'est pas surprenant, après tout, cela a été aussi le lot de ses fils légitimes. »

La journée avançait, nous nous remîmes à cheval dans l'après-midi. Puis le soir, plus haut dans la montagne, près de genévriers ventrus, nous avons fait un petit feu tandis que le jour s'en allait, que des lumières s'allumaient, jaunes, dans la plaine et qu'en face, après avoir flambé superbement une dernière fois face aux rayons du couchant, l'Anti-Liban plongeait dans l'obscurité. « Quoi qu'il en soit, dit Hamid en tisonnant les braises, retournant dans leur cendre des pommes de terre et des marrons et poursuivant la conversation interrompue, quoi qu'il en soit, durant toutes ces années, j'ai refusé moi-même l'idée de cette paternité. Peut-être par intuition, mais plus sûrement par révolte contre l'attitude de Chakib, contre ce qu'il représentait, et contre son milieu. Toutes mes pensées, toute mon affection, tout m'a rapproché encore plus du souvenir d'Abdallah, que je revendiquais par-devers moi comme mon seul vrai père, par haine des Khattar, et parce que j'en voulais à ma mère de m'avoir trompé ainsi. Et en même temps, sans me le formuler clairement, pendant des années, tout ce que j'ai réalisé, c'était d'une certaine manière pour Chakib que je le faisais. Pour lui prouver que je n'avais pas besoin de lui, que je pouvais devenir quelqu'un en dehors de lui. Et je n'avais qu'un rêve, en même temps, c'était qu'il en soit informé, qu'on le lui raconte. Il y avait des nuits où je m'inventais des scénarios, où je le mettais en scène en train d'apprendre ce que j'étais devenu, mes affaires, mes comptes en banque. Mais en vain. Jamais il n'a tourné le regard vers moi, jamais je n'ai eu la moindre preuve sur le fait qu'il s'interrogeait sur mon sort, qu'il s'intéressait, même superficiellement, à moi. Jamais. Pour quelqu'un qui se croyait mon père, c'était une belle indifférence. » Je le laissai finir, il parlait en fixant le rougeoiement des braises. Quand je vis que son émotion retombait, je lui demandai ce qu'il en savait, après tout. « Cela se sent, enfin ! répondit-il, ne sois pas naïf. Khattar n'a songé à moi que par superstition, croyant qu'en me donnant des miettes il détournerait de lui le mauvais sort. Il était persuadé que ma mère lui en avait jeté un. » En disant cela, Hamid rit, et je ris aussi. « De toute façon, dis-je, les hommes comme lui ne pensent qu'à leur clan, et à l'avenir de leur nom. Tout, même leurs enfants, n'est que le combustible qui doit servir à alimenter le bûcher de leurs vanités. » Trouvant ma réponse assez pompeuse, je me tus. La nuit était complètement tombée, illuminée par le poudroiement d'étoiles au-dessus de nos têtes. De derrière les montagnes, en face de nous, une constellation se levait. Il commençait à faire froid, et j'enfilai une veste en poil de chameau que je sortis de la sacoche de ma selle. Une chose à présent m'interpellait. Je me rassis, Hamid me tendit une pomme de terre fumante que je pris en me couvrant la main avec le bas de la manche de ma chemise pour ne pas me brûler les doigts. À nos pieds, le domaine faisait une grande tache sombre, mais nous ne voyions plus depuis notre position les lumières du hameau de Kfar Issa, dissimulées par un repli du terrain. Les lueurs sur la plaine s'étaient lentement éteintes, les gens dormaient. À part notre modeste feu, le scintillement infini de l'univers n'avait plus de concurrence. De temps à autre des flammèches s'y allumaient et retombaient, témoins éphémères de lointains drames sidéraux au-dessus de nous. « Il y a quand même un problème », dis-je finalement. Hamid ne réagit pas, attendant la suite, assis en tailleur lui aussi, dans la fraîcheur pénétrante de la nuit que les braises tempéraient quand on s'en approchait vraiment et dont la chaleur alors nous griffait tendrement le visage. Je tardai à parler, et c'est lui qui le fit, en finissant d'éplucher des marrons qu'il me donnait ensuite machinalement. « Je sais ce que tu penses, dit-il. Tu penses que cet héritage, ces terres et ces plantations qui sont désormais à moi, en fait, n'auraient jamais dû l'être. » Je maugréai en guise d'assentiment. « C'est le fruit d'une spoliation, poursuivit-il. C'est ce que tu penses. Et tu as raison. Ma mère a arraché par le mensonge cette terre aux Khattar. » Il se tut, recula le buste, s'appuya sur ses mains, ramena sa tête comme pour offrir son visage à l'immense draperie du ciel nocturne dont la proximité scintillante semblait presque miraculeuse. « Mais pour une fois, poursuivit-il sans changer de position, ce sont les pauvres qui ont spolié les riches. » Puis il se tut, se redressa, se frotta les mains pour détacher les restes de terre et d'herbe sèche qui s'y accrochaient, se coucha sur le dos, étendit les jambes, glissa une couverture sous sa nuque. Je ne parvenais pas à comprendre ses sentiments à l'égard de sa mère, qui pour le sortir de sa condition l'avait quand même tourmenté toutes ces années, avait menti et rusé. À nos pieds, nous distinguions toujours le domaine qu'elle avait travaillé sa vie entière à lui faire offrir, complexe mosaïque de noirs plus ou moins profonds selon les plantations, vergers, terres en friche, maïs. Dans le silence troublé par les pétillements du feu mourant, nous pensâmes à ce moment sans doute la même chose, Hamid et moi, à toutes ces terres qui passent sans fin et sans aucune loi des mains des uns aux mains des autres en cette région et sans doute en toute région du monde, depuis l'aube des temps, sous le ciel indifférent. La constellation qui s'était levée, droite et fière à l'est, était maintenant couchée au milieu du firmament. « Mais quand même, dis-je, il ne faut pas être naïf, Chakib Khattar n'a pas juste cédé à Lamia, il ne t'a pas donné ces terres seulement parce qu'il te prenait pour son fils ou qu'il voulait par superstition réparer une faute. Il l'a sûrement fait parce qu'il savait que tu étais le seul à pouvoir légitimement lui succéder pour les défendre, le seul à pouvoir sauver ce qui pouvait l'être encore. » Hamid ne répondit pas. En face de nous, le fantomatique contour des montagnes se renforçait dans le noir, même si une lueur unique y tremblotait, celle d'un berger ou de contrebandiers. Elle m'intriguait car elle semblait répondre, de l'autre côté de la plaine, à notre propre feu, sans doute visible de la même manière depuis là-bas, depuis l'autre versant de la nuit toujours énigmatique. Au bout d'un moment, je me demandai si Hamid dormait, je me retournai, mais il ne dormait pas, il m'écoutait, les yeux grands ouverts et regardant pensivement les étoiles.

RÉALISATION : NORD COMPO À VILLENEUVE-D'ASCQ
IMPRESSION : CPI FRANCE
DÉPÔT LÉGAL : SEPTEMBRE 2014. N° 118549-2 (2055921)
IMPRIMÉ EN FRANCE

Éditions Points

DERNIERS TITRES PARUS

P3280. La fille qui avait de la neige dans les cheveux
Ninni Schulman
P3281. L'Archipel du Goulag, *Alexandre Soljénitsyne*
P3282. Moi, Giuseppina Verdi, *Karine Micard*
P3283. Les oies sauvages meurent à Mexico, *Patrick Mahé*
P3284. Le Pont invisible, *Julie Orringer*
P3285. Brèves de copies de bac
P3286. Trop de bonheur, *Alice Munro*
P3287. La Parade des anges, *Jennifer Egan*
P3288. Et mes secrets aussi, *Line Renaud*
P3289. La Lettre perdue, *Martin Hirsch*
P3290. Mes vies d'aventures. L'homme de la mer Rouge
Henry de Monfreid
P3291. Cruelle est la terre des frontières.
Rencontre insolite en Extrême-Orient, *Michel Jan*
P3292. Madame George, *Noëlle Châtelet*
P3293. Contrecoup, *Rachel Cusk*
P3294. L'Homme de Verdigi, *Patrice Franceschi*
P3295. Sept pépins de grenade, *Jane Bradley*
P3296. À qui se fier ?, *Peter Spiegelman*
P3297. Dernière conversation avec Lola Faye, *Thomas H. Cook*
P3298. Écoute-moi, Amirbar, *Álvaro Mutis*
P3299. Fin de cycle. Autopsie d'un système corrompu
Pierre Ballester
P3300. Canada, *Richard Ford*
P3301. Sulak, *Philippe Jaenada*
P3302. Le Garçon incassable, *Florence Seyvos*
P3303. Une enfance de Jésus, *J.M. Coetzee*
P3304. Berceuse, *Chuck Palahniuk*
P3305. L'Homme des hautes solitudes, *James Salter*
P3306. Sur la tombe de ma mère, *Jean Gab'1*
P3307. Le Pacte des vierges, *Vanessa Schneider*
P3308. Le Livre de Jonas, *Dan Chaon*

P3309. Guillaume et Nathalie, *Yanick Lahens*
P3310. Bacchus et moi, *Jay McInerney*
P3311. Plus haut que mes rêves, *Nicolas Hulot*
P3312. Cela devient cher d'être pauvre, *Martin Hirsch*
P3313. Sarkozy-Kadhafi. Histoire secrète d'une trahison
Catherine Graciet
P3314. Le monde comme il me parle, *Olivier de Kersauson*
P3315. Techno Bobo, *Dominique Sylvain*
P3316. Première station avant l'abattoir, *Romain Slocombe*
P3317. Bien mal acquis, *Yrsa Sigurdardottir*
P3318. J'ai voulu oublier ce jour, *Laura Lippman*
P3319. La Fin du vandalisme, *Tom Drury*
P3320. Des femmes disparaissent, *Christian Garcin*
P3321. La Lucarne, *José Saramago*
P3322. Chansons. L'intégrale 1 (1967-1980), *Lou Reed*
P3323. Chansons. L'intégrale 2 (1982-2000), *Lou Reed*
P3324. Le Dictionnaire de Lemprière, *Lawrence Norfolk*
P3325. Le Divan de Staline, *Jean-Daniel Baltassat*
P3326. La Confrérie des moines volants, *Metin Arditi*
P3327. L'Échange des princesses, *Chantal Thomas*
P3328. Le Dernier Arbre, *Tim Gautreaux*
P3329. Le Cœur par effraction, *James Meek*
P3330. Le Justicier d'Athènes, *Petros Markaris*
P3331. La Solitude du manager, *Manuel Vázquez Montalbán*
P3332. Scènes de la vie d'acteur, *Denis Podalydès*
P3333. La vérité sort souvent de la bouche des enfants
Geneviève de la Bretesche
P3334. Crazy Cock, *Henry Miller*
P3335. Soifs, *Marie-Claire Blais*
P3336. L'Œuvre de Dieu, la part du Diable, *John Irving*
P3337. Des voleurs comme nous, *Edward Anderson*
P3338. Nu dans le jardin d'Éden, *Harry Crews*
P3339. Une vérité si délicate, *John le Carré*
P3340. Le Corps humain, *Paolo Giordano*
P3341. Les Saisons de Louveplaine, *Cloé Korman*
P3342. Sept femmes, *Lydie Salvayre*
P3343. Les Remèdes du docteur Irabu, *Hideo Okuda*
P3344. Le Dernier Seigneur de Marsad, *Charif Majdalani*
P3345. Primo, *Maryline Desbiolles*
P3346. La plus belle histoire des femmes
Françoise Héritier, Michelle Perrot, Sylviane Agacinski, Nicole Bacharan
P3347. Le Bidule de Dieu. Une histoire du pénis
Tom Hickman
P3348. Le Grand Café des brèves de comptoir
Jean-Marie Gourio